Рассказы

Алексей Будищев

Рассказы

© Bibliotech Press, 2021

ISNB: 978-1-63637-676-9

СОДЕРЖАНИЕ

РАСПРЯ

На въезжей села Балясина собралось целое общество. В тесной избе, скупо озаренной лампой ценою в четвертак, на деревянных лавках, в самых разнообразных позах, размещались всякого рода посетители. Каждый из них ехал по своему делу в губернский город, спешил и строил приятные планы, но осенняя ночь распорядилась по-своему; она предательски подкараулила их среди дороги, обложила непроницаемой тьмою, загнала всех в одну избу и решила выдержать здесь вплоть до рассвета. Чего она хотела достигнуть этим — неизвестно, но она так пожелала, и люди должны были подчиниться.

И вот по капризу этой ночи в избе собралось целое общество. Здесь был состоятельный помещик и видный земский деятель Беклемишев — человек лет 30-ти. Он сидел у стола, с которого только что убрали самовар, курил папироску и поглядывал на присутствующих насмешливыми глазами. Он ехал на земское собрание. Далее, за тем же столом помещался отставной полковник Селижаров, которого все почему-то называли генералом, — грузный старик с отекшим, красным лицом и седыми усами. Этот сидел понуро в громадном зеленом шарфе и потертом военном сюртуке и бросал исподлобья недружелюбные взгляды. Он ехал в город за пенсией. Еще дальше, на лавке, сидел богатый землевладелец из крестьян Сутугин, тоже старик, одетый в похожую на сюртук поддевку. Он поглаживал бороду и все время ядовито оглядывал Селижарова с выражением самого обидного сожаления. Он тоже ехал на собрание и кстати подвозил в гимназию своего сына Андрюшу — только что оправившегося от болезни; этот последний, мальчик лет 16, худенький и бледный, сидел тут же рядом с отцом, облокотясь на подоконник с тихой и грустной мечтательностью на всем лице. Все эти посетители были очевидно почетными гостями и размещались за столом или же рядом. А подальше почти у самой двери, за самоваром, поставленным на табурет, хотя и на столе было достаточно места, сидели еще два человека, в полутьме очень похожих друг на друга и одинаково одетых в казинетовые армяки. Они жадно схлебывали с блюдечек жидкий чай и сперва вели беседу по поводу черногорского воеводы, портрет которого висел тут же, на стенке, перед их глазами, и которого они оба сразу приняли за атамана Платова.

1

Разговор свой они вели полушепотом и вскоре перенесли на богословские темы. При этом все вопросы ставил все один и тот же, а другой на каждый вопрос неизменно отвечал таинственным полушепотом:

— Через Свят Дух.

Кроме всех этих посетителей в избе находился еще один, но он спал мертвым сном, на полу, возле печки, с головой укрывшись дорожным чапаном; но кому принадлежало это тело, для присутствующих оставалось тайной.

В избе было душно и скучно. Порою раздавался здоровенный храпок спавшего или шопотливое — "через Свят Дух" споривших богословов, да сквозь тусклое и мокрое окошко в избу доносились из поля какое-то шипенье, какое-то недовольное брюзжанье, кислые вздохи и грусть. И по этим намекам для присутствующих было ясно, что в поле идет все та же музыка, тянется все та же распря давнишняя и застарелая, надоевшая обеим враждовавшим сторонам до смертушки, обессилившая их, и превратившая землю в дряблую гнилушку, а небо в мокрую ветошь.

И от этой ли музыки — или от чего другого, но взор Сутугина, смотревшего на Селижарова, делался все ядовитей и ядовитей. Наконец он не выдержал и погладив бороду, спросил:

— А вы, ваше превосходительство, тоже на собрание едете, или так зачем?

Он подождал ответа, но Селижаров безмолвствовал и только глубже ушел в свой зеленый шарф.

Сутугин вздохнул.

— Так-с, — сказал он, — не удостаивают ответом!

Он насмешливо поглядел на всех и добавил:

— И я тоже хорош! О собрании спрашиваю, когда у их превосходительства и ценза-то земского нет! Тю-тю ценз-то, в соседи ушел, брагу пить!

Он рассмеялся мелким смешком и с торжеством оглядел присутствующих.

— Как же, — вскрикнул он, — ведь у их превосходительства всего 86 десятинок осталось, а усадьба: флигелек в три оконца, коровий хлев да куриный насест! И только-с!

Он снова рассмеялся, снова не без лукавства оглядел всех, как бы ожидая поддержки, и вскрикнул:

— А всю их землицу, 2,000 десятинок с садишком, лесом и с мельницей, я ведь скупил!

— А я-то сам, — добавил он через секунду, — я-то сам бывший крепостной их превосходительства — Евлампий

Тихоныч Сутугин, земский гласный и попечитель училищ! Да-с!

Он снова замолчал, поджидая, видимо, со стороны Селижарова взрыва. Но Селижаров безмолвствовал; он по-прежнему сутуло и грузно сидел за столом; только его рука, красная и волосатая, нервно теребила зеленый шарф. И это молчание еще более подзадоривало Сутугина. Между тем в избе стало тихо, даже богословы прекратили свой спор; все насторожились, чувствуя, что здесь что-то завязывается. Сутугин вздохнул.

— А жаль, — проговорил он, больше глядя на Беклемишева заигрывающими глазами, — а жаль, что у его превосходительства цензу нет. Весьма жаль-с! Помогли бы они нам в уездных делах разбираться; ох, как помогли бы! Необычайного ума человек их превосходительство и жизни наичистейшей! — А как, ваше превосходительство, — внезапно перенес он свой взор на Селижарова, — водятся ли у вас в озере нимфочки или уж перевелись все? Неужели уж так-таки ни однехонькой не осталось? ась?

Его лукавый взор внезапно облил Селижарова ненавистью; у того тоже запрыгали щеки и он ответил ему таким же взглядом; они обменялись взорами, как вызовом.

— А что, Евлампий, — наконец спросил в свою очередь Селижаров Сутугина хриповатым басом, — не наймешься ли ты ко мне, Евлампий, свиней пасти? Почем в лето возьмешь, а? При своей бедности я тебе четвертной билет жертвую! — и Селижаров расхохотался, брызжа слюною и содрогаясь всем своим грузным телом.

Сутугина всего передернуло. С минуту он глядел на Селижарова с дикою злобой, но затем он как бы овладел собою и довольно спокойно ответил:

— Ваших свиней мне пасти не к чему-с; у меня у самого 250 голов их-с!

— Это ты и себя в том числе считаешь? — спросил Селижаров с злым хохотом.

Андрюша подскочил на лавке от этих слов; видимо он хотел что-то сказать, крикнуть, но передумал, снова уселся на лавке и тихо проговорил отцу:

— Будет вам, папаша!

— Цыц! Не сметь! — крикнул Сутугин и снова молча измерил Селижарова негодующим взором точно перед поединком.

В избе сделалось еще тише и напряженней; страсти, видимо, разгорались и обещали целый пожар. Все затаили

3

дыхание и оглядывали противников. Только сквозь тусклое окошко в избу приносилось порой кислое брюзжанье осенней ночи, да спавший под чапаном человек продолжал мирно посвистывать носом. Ему, очевидно, не было никакого дела до разгоравшейся распри; он спал точно погруженный в нирвану. Наконец, Сутугин собрался с силами.

— Вы, конечно, — проговорил он, — можете обзывать меня всячески, всенародно, при двух тысячах десятинах и при попечительстве! Я что же? Нуль-с! Но не припомните ли вы, ваше превосходительство, не припомните ли вы крестьянскую девицу Калерию-Нимфу?

При этих словах Сутугин выдвинулся вперед и упер обе руки в бока, поджидая ответа. Селижаров тоже поднялся с лавки. Все его красное лицо дрожало.

— Так я и знал, — вскрикнул он с пафосом — так я и знал, Евлампий, что ты к этому клонишь! Но понимаешь ли ты, что когда ты моих телят пас, я понимаешь ли, на севастопольские бастионах, понимаешь ли, кровь свою проливал!

— Бог свидетель, — вскрикнул он с еще большей силой, — десять раз в вылазках, золотое оружие, Владимир с мечами!.. Искуплено кровью!.. — Нахимов! Пал Степаныч! — простер он обе руки к потолку, — свидетельствуй с высоты монумента, видел ли француз, англичанин или турок селижаровский тыл? Грудью! Вот она! Красная рубаха, сабля в руке. За мной, ребята, в виду неприятеля! Дымящиеся внутренности, стон, ад! Неприятельский штандарт голыми руками — мой-с! Ваш? Как не так! Мой-с!.. Казаку Катемасову из рук в руки: на, бери! Наш! Завладели!..

Селижаров на минуту передохнул и сейчас же начал снова:

— Девица Калерия-Нимфа? Было, что же-с! Выпьешь — фантасмагория, мираж, аллегория! Всякое бывало-с! Но, Пал Степановичу скажи!.. В солдатской шинели спал! Грешневую кашу с французской пулей ел! Ешь, пуля щелк, — горшок к черту! Искуплено кровью!

— Брат, родной брат, — внезапно воскликнул Селижаров с слезами в глазах, — красавчик, 18 лет, розан, надежды — в куски, между колес, защищая орудие!

Он снова передохнул, как бы подавленный наплывом воспоминаний, долго набирался сил среди притихшей избы, и наконец заговорил тихим, совсем стариковским голосом:

— Сказали, прибежал вижу: брат, родной брат, надежды, розы, молодость — в куски! И семь солдатиков рядом! Не люди, нет! Рубленое мясо! Кто из вас видел это? Кто? Увидел, — земля из-под ног ушла, закачался; казак Катемасов кружку с водой

4

под усы... Не пил... Нет... Заплакал... С солдатами обнимался и плакал... плакал...

И Селижаров внезапно расплакался, весь превратившись чуть ли не в развалину.

Слезы людские вообще страшны, а слезы стариков самые страшные. И Сутугин увидел, что волнение, дрожавшее в каждом мускуле Селижаровского лица, начинает передаваться и слушателям; он понял, что проиграет все дело, если сейчас же не примет своих мер. Момент был критический. И Сутугин с резким жестом крикнул на всю избу:

— Слышали! Слышали, господа: семь наших солдатиков на один ихний-с розан! А може и сто семьдесят семь? А? Кто считал? А? И потом все это из другой песни. Когда так, дозвольте и мне! Дозвольте и мне, господа, о девице Калерии-Нимфе. Слушайте, господа, слушайте, когда так. Истина, как перед Богом! Слушайте!

И Сутугин закашлялся, охваченный волнением. Все придвинулись ближе к столу. Даже богословы выдвинулись к центру и теперь можно было видеть, что и при свете они были очень похожи друг на друга; оба скуласты и широконосы, и у обоих бороды росли от самых глаз, а усы из носов.

Между тем Сутугин откашлялся в руку, погладил бороду коротким движением, точно смахнул с нее пыль, и громко начал:

О крестьянской девице Калерии-Нимфе.

— В одной губернии на речке Быстрой стояло село Буланщина. За селом над речкою сад курчавился, середи сада озеро лежало, а поодаль дом барский о двух этажах возвышался. Хорош был сад этот, хорош и дом, хорошо и привольно кругом было. Однако, господа села этого не баловали и в доме не жили. И был слух, что господин молодой в полку около некрещеных земель служит. А из полка наказ был строгий, чтобы деньги высылать и чем больше денег, тем лучше. А кроме того наказа никаких барских следов не было. И жили мужики без барского глаза, как в раю в земном. И вдруг слух прошел: барин едет. Заволновалась вся Буланщина, как река в бурю. Что-то будет, каков-то явится? Хоть и слыхали, что молод он, да ведь и из молодых лютые бывают. И заволновались всех больше девица Калерия и парень Евлампий. Дозволят ли венцом любовь освятить? Не попадет ли: ей — в Арзамас, а ему на Кавказ? Ей — в любы, а ему в зубы? Гадали они гадали, однако свою судьбу вокруг пальца не обернешь, и решили они ждать, что будет. Приехал тем временем на Буланщину барин, явился розан, 18-ти лет, писаной красоты. А с ним десять человек гостей наехало, и все розаны, и все с саблями, и все красоты писаной. И пошел по Буланщине дым коромыслом. Кажный день шум, кажный день пьянство, кажный день ералаш. И нагнали они сенных девушек, верхний этаж полнехонек. Забавлялись они с ними и вина цедили; цедили, цедили и доцедились: придумали себе новую игру-забаву. А называлась та игра Аркадское безделье, попросту же сказать, одна непристойность. Нацедятся винищем, разденут девушек сенных и нагими их натуральным образом по лодкам растащут — на озере кататься. А сами тоже почитай нагие; только на ногах штаны волосатые короче чем до колен, а на теле — даже ни Боже мой. Катаются и вино хлещут. И девушки эти будто бы нимфы морские, а они сами, розаны-то эти, будто бы сатирные люди на козьих ногах. И называлось у них все это Аркадским бездельем.

Сутугин на минуту замолчал, вздохнул, обмахнул бороду и учтиво, слишком даже учтиво, спросил Селижарова:

— Вы, ваше превосходительство, этих людей на козьих ногах не помните?

— Помню, — отвечал Селижаров, пряча подбородок в зеленый шарф, — байронизм это; фата-моргана, мифология: увлечение классицизмом!

Произнес он все это спокойно, даже слишком спокойно, так что слушатели едва ли поверили искренности его покоя и оглядели его не без любопытства. Между тем он замолчал, насупился и опустил глаза.

— Так-с. Покорно вас благодарим за поучение, — с учтивым поклоном проговорил Сутугин. — Прикажете продолжать?

— Продолжай, продолжай, — все так же спокойно и даже, пожалуй, весело отвечал Селижаров, однако не поднимая глаз.

— И выдался вечер такой, — продолжал Сутугин, — вернулся Евлампий с покоса домой и слышит: Калерия в верхний этаж попала; к сенным причислена. Увидели, облюбовали и причислили. Ни слова не сказал Евлампий и всего-то ноченьку за барским садом над речкою просидел. Сидел, на волны глядел и думы думал. А что думал, знают только волны быстрые. А на другой день ровно в полдень сидел Евлампий за селом у овина, руками колена обнял и в землю глядел. И видит он, идет Калерия. Взглянул он на нее, и сразу в нем сердце упало; по походке видит, неладное дело вышло. Подошла к нему тем временем девица, опустилась в ноги и руками себе в косу вцепилась; вопить стала и головою оземь биться. И понял из ее слов Евлампий, что она сегодня на закате барской милости удостоилась и к нимфам сопричислена. Стал звать ее Евлампий в бега на Каспий, да не слушала его Калерия; наказала она парню забыть ее и позор ее при ней оставить на веки вечные, до самой смертушки. И убежала она от него с воплем, словно в беспамятстве, а парень, как стоял, так наземь и грохнулся, будто его косою под самые ноженьки срезали...

Сутугин снова замолчал и обмахнул бороду.

В избе было тихо. Слушатели неподвижно сидели на своих местах. Андрюша с бледным и взволнованным лицом не сводил с отца горящих глаз.

— И был день такой, — продолжал, между тем, Сутугин, — выломал Евлампий из забора барского сада две тесины и залез в сад. Прошел он тайком к озеру, залег в сиреневый куст, а рядом с собою камень фунтов в двадцать весом положил. Залег и ждал. Цельный день пролежал он так, не пил, не ел и слова не проронил. И в саду тихо было, ровно сад хоронить кого-нибудь собирался. Словно бы покойничком в саду-то попахивало. И так-то наступил вечер; тьма на кусты упала; и тут в одном углу сада шум пошел; на гитаре словно бы заиграли; песню затянули и оборвали; женский визг птицей пролетел и замолк, словно на стену наткнулся. А тут уж целый содом пошел. И видит вдруг Евлампий, — бежит Калерия к озеру в одной рубахе; волосы распущенные до самых пят легли, а глаза, вроде как у безумной, темным огнем горят. И только бултыхнулась она с обрыва в воду, — Евлампий следом за ней упал и за волосы ее выволок. Выволок он ее на берег, сорвал с нее рубаху и руки-ноги ей жгутами скрутил, потому она билась сильно, вроде как бы бесы вселились в нее. Связал он ее и рядом с собой в сиреневый куст положил; а камень поближе придвинул, чтобы под рукою был. Погони он со стороны розанов опасался; однако, погони не было; розаны-то, видимо, до мертвецкого положения дошли. Сидел так Евлампий, на камень глядел и рукою ей по волосам водил; и бесы как будто утихать стали в ее теле, и переставала она биться. Взял ее тогда Евлампий на руки, в армяк свой укутал и вон из сада понес, а камень ногою в озеро столкнул. И если бы его самого в ту минутку за горло взяли, он бы и пальцем не двинул, потому что у него душа заплакала. А когда у человека душа заплачет, не обидчик он!

Сутугин на минуту умолк, и всем показалось, что сейчас из его груди вырвутся рыдания, которые разнесут всю избенку по бревнышку. И все увидели внезапно, что человек этот гордости непомерной и любви неизмеримой. Однако Сутугин не зарыдал и, погладив бороду, продолжал:

— И увидел тут Евлампий розана 18-ти лет, писанной красоты. Лежал этот розан под березою почитай что нагой, в волосатых штанах, пьян-пьянехонек. И подумал тогда Евлампий: что если бы смерть тебя на этом месте пристигла? Каков бы ты на суд Господа Бога явился? Красив, нечего сказать! И прошел Евлапмий с своею ношею мимо. А спустя некоторое время явился в Астрахани мещанин Агап Соколов с женою Калерией. Занимался этот мещанин тем, что кажный день из гроша десять делал и ни единой минуточки не упускал! А жена его была жизни чистой и светлой; и положено ей было Богом во всю-то жизнь ее двое суток поганою нимфою числиться! И отдала она Богу душу в третьем году, на Успенский пост.

Сутугин замолчал, окончив рассказ. Долгое время в избе царила мертвая тишина, нарушаемая лишь посвистываньем спящего да грустным шелестом осенней ночи. Селижаров сутуло сидел у стола и тяжело дышал. Наконец он обвел слушателей тусклым взором.

— Все это так, — проговорил он, — но под другим соусом. Соус другой! Романтизм, аллегория, влияние классицизма. И потом... Пал Степаныч, храбрейший из храбрых!.. И видал ли кто тыл?..

Он снова вильнул взором по слушателям, густо покраснел и развел волосатыми руками.

— Конечно, — бормотал он, путаясь и повторяясь, — в отношении женщин — скот! Скот был и есть! В материальных расчетах, в бухгалтерии и арифметике, — агнец! И потом... между колес, защищая орудие!.. Кто видел?.. Брат, родной брат!

Он снова развел руками, на минуту замолчал и вдруг, повеселев и оживившись, заговорил, потрясая волосатым пальцем и указывая на Сутугина:

— Вы думаете: он чист? Чист? В арифметике и бухгалтерии чист? Эй, Евплампий поглядись в зеркало!.. Судить он умеет. Красота слога, драматизм, лирика, мораль! Но... Эй, Евлампий, поглядись в зеркало!

Селижаров оглядел всех уже совсем веселыми глазами и продолжал:

— Хотите? Хотите я расскажу о курбетах со стороны Евлампия? Арифметика, бухгалтерия, баснословная предприимчивость! Хотите-с?

И не дожидаясь ответа, он измерил веселыми глазами Сутугина и учтиво спросил его:

— Продолжать можно, Евлампий Тихоныч? О курбетах — с вашей стороны? Можно-с?

— Продолжайте, продолжайте, ваше превосходительство, — отвечал Сутугин с притворным спокойствием. И поднявшись при этих словах с лавки, он вышел на средину избы и стал, как бы ожидая суда и даже весьма желая его.

Селижаров поправил зеленый шарф, встряхнул плечами и громко произнес:

О курбетах со стороны Евлампия.

— Был у меня лес, — начал он, — 500 десятин. Красота, поэзия — материальная выгода! Понадобились мне деньги. Туда-сюда, продал я его Евлампию, за два гроша, на сруб. А на словах договаривались, чтоб вырубить его лет в 5, в 6. Договорились. Контракт, задаток, вспрыски! Только-с, он возьми да срока вырубки в контракте и не проставь! Слукавил!

— "Неужели говорит, вы мне, ваше превосходительство, не верите? Зачем же, говорит, мы будем себя, ваше превосходительство, узким сроком стеснять?"

Подумал я, подумал. Зачем стеснять? Не стесню! Поверил! Проходит шесть лет. Рубит он каждый год по пяти десятин, корчует, хлеб сеет и деньги в карман кладет. Приход, барыш! Колоссальная выручка! Меня даже злость взяла. С какой стати? Кто позволил? Да-с? Приехал я к нему и говорю, чтоб он лес поскорее рубил; поторапливался чтобы! А он мне на это в ответ: — "Чего же мне торопиться-то зря, ваше превосходительство? Я, говорит, этот лесишко 500 лет рубить намереваюсь. Эдак, говорит, для меня много приятнее будет!" И даже смеется, свинья.

— Как пятьсот лет? — "Так пятьсот лет!" — Так неужели, говорю, ты думаешь 500 лет прожить? Это, говорю, братец не жирно ли для тебя будет? — "А что же, говорит, тут за жир? Даст Бог здоровья, и проживу. Разве тому примеры не были? Неужели, говорит, вы, ваше превосходительство, никогда Священного писания не читаете? За это, говорит, вам, ваше превосходительство, на страшном суде ох как достаться может! И пошел, и пошел! Писание-то он действительно знает. Говорил он, говорил и, в конце концов, меня же сконфузил. Кругом виноватым сделал! Плюнул я и уехал. В суд на него подал. Подал-с. Марки, хлопоты, адвокаты! Однако, суд, тары-бары-растабары, — лес Евлампия! 500 лет рубить может. Руби, сей хлеб, живи 500 лет! Тоже должно быть Священного писания судьи-то начитались! Выругался я и уехал. Да, спасибо, выругался-то негромко, а то меня же осудили бы! Это мне после адвокат объяснил.

Селижаров расхохотался, брызнул слюною и, потрясая пальцем, вскрикнул:

— Это курбет первый-с.

— Что же, — развел руками Сутугин, — сами бы смотрели! Разве у вас глаз не было?

И метнув по слушателям глазами, он добавил:

— Птица и та свое гнездо знает. Разве воробей в чужое гнездо солому тащит? Кто видел?

— Покорно вас благодарю за поучение! — с поклоном ответил ему Селижаров и снова с хохотом добавил:

— Эй, Евлампий, поглядись в зеркало!

Затем он поправил зеленый шарф и поставил локти на стол, приготовляясь, очевидно, к чему-то весьма серьезному. Слушатели снова затаили дыхание.

— Видишь, где Бог? — спросил Селижаров Сутугина совершенно серьезно. Его обрюзгшее и красное лицо внезапно сделалось строгим, и Сутугин также внезапно как-то весь побледнел и осунулся.

— Так вот, — продолжал Селижаров все так же строго, — отвечай на чистоту, без уверток. Каким манером Агап Соколов ежеминутно из одного гроша десять делал, а?

Он замолчал, поджидая ответа, но ответ замешкался, Некоторое время Сутугина как будто всего коробило. И затем среди невозмутимой тишины раздался голос. Голос этот так мало походил на голос прежнего Сутугина, что все невольно оглянулись: не вошло ли в избу новое лицо.

— Деньги скупал, — заговорил Сутугин странным или даже, пожалуй, страшным, сдавленным шепотом, — Агап Соколов деньги скупал. На десять рублей — двести.

— На десять рублей — двести? — переспросил как бы в недоумении Селижаров, — какие же это деньги он так дешево покупал? Золотые? Серебряные? Бумажные?

— Оловянные, — отвечал Сутугин.

— Так-с, — проговорил Селижаров. Его взор уже не лукавил более, не вилял и не заигрывал. Он был серьезен, совершенно серьезен.

— Так-с; оловянные, — повторил он. — Что же он с этими деньгами делал? В коланцы, что ли, играл? На запонки перестраивал? Да ты, братец, отвечай поживее да поскладнее. Слог-то ведь у тебя есть.

— К башкирам ездил, — отвечал Сутугин, вздрагивая плечами.

— Природой любоваться?

— Нет, гурты закупать; скупить целый гурт.

— На оловянные, — вставил Селижанов.

— На оловянные, — повторил Сутугин, — а потом в Москву угонит и перепродаст.

— На золотые, — пояснил Селижаров.

— На золотые, — повторил Сутугин среди мертвой тишины.

Селижаров несколько помолчал, как бы выжидая, чтоб ответ Сутугина произвел надлежащий эффект.

— Так-с, — наконец вздохнул он. — Сколько же башкирских душ Агап Соколов таким манером по миру пустил? Десять? Двадцать? Сорок?

Сутугин молчал и долго крутил шеей, точно давился. Все поджидали ответа среди напряженной тишины.

— Ты-сс-я-чи, — наконец прошептал Сутугин.

Это слово вырвалось из его губ каким-то свистом, и всем показалось, что все его тело заколебалось и задрожало от этого зловещего свиста. Все с удивлением переглянулись. Богословы заглянули друг-другу в глаза, молча покачали головами и оба сразу сделали губами удивленное — "тссс!" Все переглянулись снова.

— Так-с, — между тем снова заговорил Селижаров, слегка бледнея. Он как будто собирался нанести своему противнику последний удар, и сам же страдал от своей жестокости. Минуту всем казалось даже, что он колеблется.

— Так-с, — наконец, повторил он более решительно и затем продолжал уже совсем твердо, подчеркивая каждое слово:

— Не припомнишь ли ты, Евлампий, вот еще какого случая. Не доводилось ли Агапу Соколову хоть раз наезжать к башкирам с своим оловом в голодный год, в бескормицу, когда скотину кормить нечем, чтобы уж совсем задаром гурты-то у башкир взять? А? И не выходило ли так, что поедут после башкиры с его оловом в город за мучкой, а им мучицы-то и не дают. Серебра другие Агапы за муку-то спрашивают. Не выходило ли вот именно таких курбетцев? И не выходило ли, что башкиры-то эти самые умирали голодной смертью с Соколовским оловом в кисетах? А? Не бывало ли? Не припомнишь ли?

Селижаров замолчал, положил обе руки на стол и остановил на Сутугине испытующей взгляд. Сутугин молчал и стоял посреди избы, как будто совершенно ослабевший и мертвенно бледный, с повиснувшими руками.

11

Несколько раз он порывался что-то произнести, но из-под его усов вылетал лишь непонятный шелест. Долго он переминался с ноги на ногу, поводил плечами и бледнел все больше и больше. Наконец он тихо опустился среди притихшей избы на колени, минуту постоял как бы в колебании, и затем внезапно поклонился до земли, припав лбом к грязному полу, так что его туловище легло ничком и лишь ноги оставались на коленях, как кланяются иконам труднобольные, всем сердцем жаждущие исцеления.

И по избе снова пролетел сухой шелест.

Однако, его теперь поняли. Сутугин шептал:

— Прос-с-ти-те... — И потом, тем же шепотом, похожим на сухой шелест, почти неуловимо для слуха и все еще лежа ничком, он пытался добавить: — Птица и та... Соломинку... Видел ли кто?..

Вся изба словно замерзла. На всех как бы пахнуло холодом. Долго ни один человек не решался произнести ни звука. И все сидели неподвижно в каком-то оцепенении. А Сутугин все еще лежал ничком, припав лбом к грязному полу.

Это продолжалось долго, очень долго.

— Поняли? — наконец прошептал Селижаров и заключил тем же трагическим шепотом.

— Курбет второй и последний-с. Все-с!

Изба по-прежнему безмолвствовала.

0x01 graphic

И вдруг среди мертвой тишины пронеслись чьи-то исступленные рыдания. Зарыдал Андрюша, припав к подоконнику бледным и искаженным лицом. В избе будто порвалась струна, и звуки этих рыданий словно всколыхнули всех. Сутугин порывисто вскочил с колен; все его лицо преобразилось и выражение страдания ушло неизвестно куда.

— Цыц! Андрюшка! Молод, чтоб судить! — вскрикнул он с неопределенным жестом и кривым движением губ. И по этому жесту и кривой усмешке все сразу поняли, что Сутугин пьян, пьян ужасно, как стелька, и во всяком случае нисколько не меньше чем Селижаров. Что они оба пьяны, стало, наконец, ясным для всех. Впрочем, это нисколько не изменяло сути происшествий, и впечатление от их рассказов осталось все тем же. Курбеты оставались курбетами, а классицизм — классицизмом. Слушателей, пожалуй, могло бы заинтересовать обстоятельство, где они так ужасно напились, и их законное любопытство вполне мог бы удовлетворить в этом случае Андрюша. Он мог бы поведать им, что его отец и Селижаров приехали на въезжую раньше всех и хотя в разных экипажах, но вместе. Тотчас же по приезде на въезжую они поздоровались самым любезным образом и сообща послали за водкой и селедкой. Затем, истребляя эти продукты, они все время мирно вели беседу, игриво похлопывали друг друга по коленам и хохотали громко и весело. И вдруг, уже истребив продукты до основания, они внезапно расселись по разным углам, насупились и надулись. Андрюша мог бы пояснить при этом, что подобные сцены происходят между его отцом и Селижаровым нередко, и что во всю свою недолгую жизнь он уже был свидетелем десятка таких же ссор, каждый раз заканчивавшихся его истерикой. И что каждой ссоре всегда предшествовали вышеупомянутые продукты.

Между тем, Андрюша несколько успокоился; и тогда в избе начался целый содом. Все сразу заговорили, заволновались и закипятились. Говорил Селижаров, Беклемишев, Сутугин, богословы и даже Андрюша. И все говорили с жестами, горячо, в перебой, не слушая друг друга. Андрюша с бледным и измученным лицом, прижимая обе руки к груди, говорил, что это ужас, ужас, ужас. Сутугин с кривой усмешкой и пьяными жестами, весь взмокший и как будто полинявший, шептал, что их слезы, — кто видел их слезы? А порою он дико вскрикивал на Андрюшу:

— Цыц! Андрюшкам! Молчать!

Селижаров, потрясая красным и волосатым пальцем, гремел на всю избу, как полковая труба:

— Неприятельский штандарт; золотое оружие; Владимир с мечами!.. И потом... между колес... Кто видел?.. Орудие наше, знамя!..

Когда же ему казалось, что его труба не производит надлежащего эффекта, он хватал тех, кто был поближе, руками за локти и вопил исступленным голосом:

— Четвертый бастион видел? А? Нюхал?.. Дымящиеся внутренности; ад; горшок к черту!..

В то же время богословы, наседая друг на друга и тыча друг друга кривыми пальцами в перси, шумели, что многое познается через Свят Дух, и что Селижаровский грех будет, пожалуй, побольше Сутугинского, так как тут позор души человеческой, а позор души есть хула на Духа Святого.

А Беклимишев, стуча костяшками пальцев по столу и стараясь восстановить хотя какой-нибудь порядок, кричал с жестами земского оратора:

— Не в том дело, господа, не в том дело! До 61 года Азия, — с 61 года Европа! Примите это в расчет! Ради Бога, примите это в расчет, господа!.. И мудрено ли, что в Азии... господа!.. все было по-азиатски? Взгляните на дело народного образования... Господа!.. У нас в уезде... Господа!.. Вот, например, в Хвастуновке... да, господа же!.. Господа! Господа!..

Неизвестно, что сказал бы Беклемишев, так как Селижаров не дал ему более говорить. Его намек на Азию он принял за оскорбление всего Селижаровского рода и, вытаращив глаза и потрясая кулаками, он закричал:

— Азия? Где Азия? Какая Азия? Покажите-ка мне Азию!.. Оскорблять весь род! Да как ты смеешь!

И не давая Беклемишеву опомниться, он продолжал, точно открыв пальбу изо всех орудий.

— Севастополь, дымящиеся внутренности и ты поднял руку? Селижаровский род — крепость! Неуязвимость! Центробежная сила! И ты осмелился? Плачь кровью!.. И знаешь ли ты, что твой прадед Беклемишев целовал, да, целовал! — посконное знамя Пугачева всенародно и при колокольном звоне?..

В обыкновенном разговоре Беклемишев не обратил бы на эту тираду ровно никакого внимания, но теперь в полемическом жару разбушевавшихся страстей он внезапно осатанел от этих слов, как от пощечины.

— Как! — прошептал он с судорогами на губах, — Беклемишев целовал посконное знамя? Знамя?

И он остановил на Селижарове яростный взор.

— Кто целовал-то? — шепотом спросил в то же время один богослов другого.

— Вот этот, — кивнул тот на Беклемишева.

— А какие знамена-то?

— Китайские.

— Эх, и такой молодой?

— Из молодых, да ранний!

И богословы снова заглянули друг другу в глаза, покачали головами, и оба сразу сделали губами продолжительное "тссы!.."

— Ложь, ложь и ложь, — между тем дико вскрикнул Беклемишев по адресу Селижарова.

И вместе с тем из-под чапана, возле печки, стремительно вынырнула чья-то лохматая голова и обвела присутствующих страшными глазами, как это всегда бывает у людей, не вполне проснувшихся.

— Да будет же вам, черт вас возьми! — сердито закричала лохматая голова, и все сразу признали в ней земского врача Оленина.

— В Абшаровке голод, дети мрут — сердито кричал доктор.

— А вы... о, дьявол!.. Три дня не выезжал оттуда, измучился, измызгался, не спал! Приехал сюда, — и вы!.. О, Боже!.. Срам!.. И что вас раздирает, ей-Богу!.. Не пойму! Право же, не пойму!

И он на минуту замолчал. И если бы среди избы внезапно разорвалась граната, она бы произвела не большее впечатление. Между тем доктор подпер рукою лохматую голову, обвел присутствующих тусклыми глазами и продолжал уже тихо и как бы в задумчивости:

— Один малютка умер на моих руках... Ему было два года... Он отрыгнул глиной, обхватил мою шею тоненькой синей ручонкой, улыбнулся как-то удивительно светло... Я этого никогда не забуду... И знаете, господа...

Доктор чрезвычайно странно запрокинул голову назад, странно улыбнулся и замолчал. Казалось он хотел сообщить сейчас что-то самое важное, что важнее всего мира, и для чего, может быть, осенняя ночь заманила в эту избу всех присутствующих. И все ждали этого слова с внезапной тревогой и всколыхнувшимися сердцами. В избе пролетел тихий ангел, или, может быть, душа того отрыгнувшего глиной ребенка. Однако доктор медлил. Может быть, он и сам не знал того слова, которого так жадно все ждали, и только в редкие минуты жизни как будто ощущал его светлое существование своим сердцем.

— Уснул, умаялся, — наконец, прошептали богословы, указывая бородами на заснувшего доктора, — теперь часов десять спать будет!

И внезапно с просветленными и похорошевшими лицами они первые сняли с своих ног обширные сапоги, чтоб не будить уснувшего. И все последовали их примеру, и никто не полюбопытствовал узнать, что это был за человек: купец, дворянин или крестьянин.

С осторожными и мягкими движениями все стали укладываться на ночлег. Богословы перекрестили кривыми пальцами зевающие рты и воздух вокруг своих постелей. Селижаров перекрестил пьяный нос. Беклемишев серьезно положил крест между двух пуговиц своей тужурки. Обмахнул себя крестом и Сутугин. Не молился один Андрюша. И когда вся изба была погружена в глубокий сон, он все еще не спал и лежал с открытыми, горящими глазами, из которых быстро бежали слезы. Что он оплакивал: позор ли матери, курбеты ли отца, или увлечение классицизмом Селижарова, — неизвестно. Но плакал он горько, очень горько. А затем, убедившись, что все спят, он тихохонько прошел в передний угол к тусклым крестьянским образам и тихонько стал на колени. Затем он

15

сложил руки, пальцы в пальцы, положил их на лавку и опустил на ладони пылающую голову. И под шелест осенней ночи тихо зазвучал его взволнованный шепот:

— Верую, Господи, что Ты чистоты божественной, — шептал он, — верую что Ты сошел ради любви и мира. Верую, что слово Твое есть красота и истина. Верую, что Ты был замучен и воскрес ради торжества любви. Верую, что Ты есть святая скорбь и прощение!

И долго еще под грустный шелест осенней ночи, среди мрака тяжко спавшей избы, носились, как скорбные духи, его истеричные всхлипыванья:

— Верую!.. Верую!.. Верую!..

ЖАЖДА ЖИЗНИ

— Жажда жизни? — переспросил старик Карачаров, приподнимаясь на траве и открывая глаза, — жажда жизни ради самой жизни, жизни во что бы то ни стало, право же я не понимаю, что вы находите в этом чувстве хорошего?

Он замолчал, прислонился спиной к стогу и снова закрыл глаза. Старик Карачаров, крупный и длиннобородый, с виду похожий на патриарха, возвращался вместе со мною с охоты по куропаткам в его дачах. Выйдя из лощины, крепко забитой низкорослым кустарником, мы расположились в поймах, щедро залитых сентябрьским солнцем. Привалившись к стогу, мы грелись на припеке, жмурили от солнца глаза и лениво беседовали. Прямо перед нами ровной зеленой скатертью лежали поймы, замкнутые слева громадным, в несколько верст озером. Его поверхность, всю залитую солнцем, рябил мягкий ветерок, и от этого света и ветра по озеру непрерывными рядами бегали светлые огоньки, как по серебряной кольчуге,

Кругом было удивительно хорошо. Солнце грело так мягко и нежно, почва благоухала так радостно, а самый воздух, весь пронизанный теплым сиянием, обливал все живое такою ласкою, такою чарующей прелестью, что разговор о жажде жизни казался самым подходящим. Между тем, Карачаров снова открыл глаза.

— Возьмите, — продолжал он, — это стремление жить в наибольшем его напряжении, и вы увидите, сколько в этом чувстве подлости и какое могучее отвращение оно способно возбудить в нас.

Карачаров снова помолчал минуту и затем продолжал в ленивой задумчивости:

— Мне кажется, что в мире животном жажда жизни ради самой жизни совершенно отсутствует или во всяком случае никогда не достигает крайности. Иначе, чем мы объясним ту самоотверженность, с какою самка синицы защищает своих птенцов от нападений кошки? По-моему, есть только один закон, которому все без исключения животные подчинены до забвения всего, до жестокости до попрания всех прав. Это закон сохранения вида. И вероятно закон этот лежит в основании величайшей мысли, если он проникает все живое с такою силою. Животный мир как будто трудится над созданием великой лестницы, по которой он со временем взойдет на небо и увидит необычайные горизонты. Животные создают эту лестницу с жестоким упорством, ступенька за ступенькой, ревниво оберегая каждую ступень, и ради нее, ради этой ступени, готовы положить тысячи жертв, пролить целые моря крови. Какой необычайной красоты должны быть эти горизонты, если одна из самых низких ступенек ведущей к ним лестницы оправдывает перед высшим правосудием все эти бесконечные моря пролитой крови?

Карачаров опять замолчал и долго сидел неподвижно, прислонившись спиною к стогу и устремив взор вдаль, как будто разглядывая там что-то.

— Что это будет за существо, — продолжал он, — которое встанет там, наверху этой лестницы? Во всяком случае, я свято верю, что это будет не та себялюбивая сверх-собака, боготворящая себя и свое хотенье, которую современные ницшеанцы пытаются выдавать за сверхчеловека. Нет, это будет совсем не то, совсем не то!

— Сверх-собака, — сделал Карачаров резкий жест, — она, может быть, и появится, она, может быть, уже и начинает появляться; сперва сверх-собака, а затем сверх-фисдешьены. Но они появятся и уйдут, оставив после себя нехороший запах, и только! Ведь они же съедят сами себя! Ведь это же их сверх-собачий принцип!

Карачаров сердито сверкнул глазами и внезапно добродушно рассмеялся.

— А жажда жизни, — вновь возвратился он к первоначальной теме, — я испытал ее однажды в мою жизнь, и мне до сих пор мерзко и стыдно при одном воспоминании об этом миленьком чувстве.

— Хотите послушать? — спросил он меня, плотнее приваливаясь к стогу.

— Видите то озеро? — начал он, указывая на водную поверхность, по которой бегали светлые огоньки. — Это было давно. Мне было 25 лет, я только что женился и был влюблен в мою молоденькую жену по горло. Я не разлучался с нею ни на минуту, и рука об руку мы совершили с нею много чудных прогулок. Как-то нам пришла фантазия проехаться по этому озеру в крошечной лодке. В лодке так было тесно, что нам приходилось ежеминутно целоваться. Целью нашей прогулки мы наметили островок, лежавший в то время почти посреди озера и представлявший собою премилую лужайку не более двух квадратных сажений, на которых росло четыре куста черемухи. Первые два куста мы называли "рощей счастливой пары", а два вторых "лесом первой размолвки". Теперь этого острова не существует; его смыло водою, но в то время он лежал среди озера, как душистый цветок, а эти четыре куста цветущей черемухи походили на сугробы снега. Итак, мы благополучно прибыли на этот остров. Две квадратных сажени для двух влюбленных — это слишком большая площадь, и почти весь остров мы великодушно уступили во власть куликов, а сами заняли не более аршина и сидели так близко друг к другу, что юбки жены все время хлопали меня по носу. Конечно, это происходило оттого, что поднялся ветер. В тихую погоду юбки жены обыкновенно относились к моему носу с большим уважением. По правде сказать, я только по этому и догадался, что поднимается ветер. Между тем ветер крепчал и вскоре превратился в самую настоящую бурю. По озеру заходили сердитые с белым гребнем волны, которые били в берег нашего островка, как свинцом. Они как будто позавидовали нашему безмятежному счастью и решили сбросить в воду и "рощу счастливой пары", и "лес первой размолвки". Кулики с беспокойным свистом попрятались кто куда, а черемухи пригибались к самой земле, как испуганные девушки, и бросали свои белоснежные цветы на мутную поверхность озера, точно желая умилостивить его гнев. Конечно, было бы лучше всего, если бы мы решились заночевать на острове и переждать бурю. Но мне захотелось разыграть из себя храбреца, забубённую головушку, и я стал звать жену домой. Мне было стыдно спраздновать в ее глазах труса, так как я только что уверял ее, что я силен, как Голиаф, плаваю, как бобер, а ныряю, как тот легендарный англичанин, который нырнул по ту сторону Ламанша 25 лет тому назад и до сих пор еще нигде не вынырнул. Я звал жену настойчиво, и жена вверила мне себя. Мы пустились в путь в нашей лодочке. Около берега мы еще кое-как держались, но когда мы отъехали дальше, нам пришлось круто. Вокруг нас свистел воздух и шипела вода; поверхность озера то взбучивалась светящимися буграми, то проваливалась темными ямами. И вскоре вместо весел, в моих руках очутился зонт жены, и я услышал ее пронзительный крик. Нас куда-то приподняло, затем погрузило с отвратительным шипеньем куда-то вниз, и внезапно я очутился в воде, а руки жены легли вокруг моей шеи. Как оказалось, нашу лодку опрокинуло, захлестнуло водою и потащило ко дну. Мы остались одни среди свирепого озера. Я попробовал было поискать ногою дно и не нашел его. Здесь было глубоко, и вокруг нас не было ничего, решительно ничего, за что мы могли бы ухватиться. Только цветок черемухи плавал почти вровень с мертвенно-бледным лицом моей жены. И ничего больше. Я плавал плохо, много хуже

19

бобра и чуть-чуть получше свинцовой пули, а теперь мне приходилось и плыть самому, и тащить на себе жену, помертвевшую от ужаса и как будто потяжелевшую вдвое. Кое-как я все-таки подвигался среди шипящих бугров и свиста ветра, с громадным трудом преодолевая каждый шаг. А между тем берег был еще далек, и глубина озера оставалась все такой же. Я работал руками и ногами с яростью. Первоначально, кроме бешеной злобы на взбунтовавшуюся стихию я ничего не чувствовал, но злость была дикая, свирепая, и если бы в моих руках была власть, я превратил бы воды всего света в ничто. Вскоре, однако, я стал изнемогать; волны хлестали мне прямо в лицо и приводили меня в ярость. С отчаянием я видел, что силы покидают меня, что сейчас я пойду ко дну, погружусь навсегда в эту темную яму и никогда в жизни не увижу больше неба, травы, ветки черемухи. Я понял, что не будет такой цены, за которую мне продали бы все это хотя на один миг. И мне захотелось всего этого, — и неба, и ветки черемухи, — до боли, до страдания, В то же время мне пришло в голову, что если бы я был один, я мог бы выплыть, а с женою я обречен на смерть. Вместе с тем мне показалось диким умирать лишь потому, что моя жена не умеет плавать. Если бы я имел средства и силы спасти ее, мой риск был бы понятен, но ведь я не мог этого сделать, так с какой же стати я должен умирать вместе с нею? Не лучше ли снять ее руки с моей шеи? Что лучше смерть одного человека или двух? Эти мысли проходили во мне вихрями. Однако, я еще барахтался в изнеможении среди бушевавшей воды. Сквозь мутные волны свистевшего и шипевшего озера я видел зеленый берег лугов, и он звал меня, этот берег, звал к жизни могучим и властным криком, и все мое существо внезапно рванулось на этот зов. Нехорошее чувство пронизало меня всего и расплавило во мне все человеческое достоинство, как удар молнии плавит песок. Во мне зажглось непреодолимое желание жизни, — жизни, какой бы там ни было. Я согласился бы стать чудовищем, выродком, самым последним негодяем, лишь бы только жить, жить, жить! И это чувство превратило меня в гадину. Я сделал движение, жест, или вернее, намек на жест чтобы отцепить руки жены от моей шеи. И жена поняла меня, хотя, повторяю, это был лишь намек на жест; она прошептала, судорожно стиснув мою шею руками: "ради Бога, ради Бога!" Этот шепот снова превратил меня в человека. Я крепко обнял ее стан, как бы прося у нее прощенья, и лишился сознания. Нас вытащили рыбаки.

Карачаров вздохнул, минуту помолчал и продолжал:

— Если бы кто-нибудь за день до этого случая предсказал

мне, что я способен сбросить с своей шеи руки утопающей женщины, я наплевал бы тому человеку в глаза. В то время я мнил себя полубогом, венцом создания, и не подозревал, какое скромное местечко занимаем мы на ступеньках великой лестницы. Только позднее я понял, что в отношении себялюбия мы, пожалуй похуже самого заурядного животного. Те, главным образом, дорожат ступенью, видом, а мы — собственной своей персоной.

— Я до сих пор не могу отдать себе отчета, — сделал Карачаров жест, — как поступил бы я, если бы не услышал шепота жены? Сбросил бы я ее руки с моей шеи, или же мое движение осталось бы одним только намеком? По чистой совести, я не умею на это ответить, и вы понимаете, как это больно для моего полубожеского достоинства!

Карачаров переменил позу и продолжал.

— Я должен был расстаться после этого с женою. Она боялась и презирала меня. Она никак не могла забыть того чудовища, которое хотело толкнуть ее в волны озера. И она была права. Я презираю себя до сих пор за тот ужасный момент. С женою я встретился много лет спустя, она была уже в то время женою другого, и у них были дети. Когда мы остались с нею наедине, я встал перед нею на колени, вторично прося у нее прощенье. Она заплакала и ушла от меня. Я понял, что она оплакивает свою первую любовь и по-прежнему презирает меня, как гадину. Образ чудовища, очевидно, запечатлелся в ее воображении навсегда.

— Вот что это за чувство жажда жизни! — со вздохом заключил Карачаров.

И он замолчал.

Я задумчиво глядел на озеро. По его блестящей поверхности по-прежнему бегали светлые огоньки, и оно как будто все смеялось и ликовало. Звонкий плеск его тонких волн походил на смех. Казалось, оно торжествовало, припоминая, что когда-то ударами своих мутных волн оно превратило человека в гадину.

Вероятно, и на Карачарова это сияние озера производило такое же впечатление, так как он в грустной задумчивости добавил:

— Вот оно смеется теперь, это озеро. Оно точно глумится над нами и хочет сказать, что оно сильнее нас и способно, когда только ему заблагорассудится, разбить своими волнами все наше великолепное самомнение вдребезги!

УГОЛЕК

С легкими двустволками на погонах они шли широкой лесной просекой неторопливым шагом, возвращающихся домой охотников. Два черных сеттера бежали впереди них с тем деловитым видом, с каким вообще охотничья собака сопровождает хозяина. В лесной просеке, обставленной с обеих сторон молодым и сильным дубняком, было светло по вешнему. Листья дубов казались совершенно свежими, но в воздухе уже обильно разливался тонкий запах увядающей жизни. Очевидно, осень стояла уже за спиной леса.

Охотники подвигались вперед. Один из них, широкоплечий верзила, с громадными рыжими усами, шел тяжело и неуклюже, как двигаются по земле завзятые кавалеристы.

Судя по лицу, это был добрый малый и флегма. В настоящую минуту, в то время как его товарищ оживленно болтал, он флегматично сосал свою сигару и невозмутимо мычал:

— Мм-да-мм...

А его спутник, тонкий и подвижный, подкидывал на своей ладони только что поднятый им с земли уголек и говорил:

— Вот подобная же штука отняла у меня однажды любимую женщину и едва не стоила мне жизни. Это довольно поучительный случай и если хочешь, я расскажу его тебе.

Толстяк процедил:

— Мм-да-мм...

Подкидывая уголек на своей ладони, его спутник продолжал:

— Пять лет тому назад я познакомился с прелестной женщиной, ну хоть скажем, Марьей Павловной, у которой был муж, ну хоть скажем Петр Петрович, человек гигантского телосложения, делавший из железной кочерги вензеля, и в то же время флегма в роде тебя.

— Мм-да-мм... — промычал толстяк.

Рассказчик продолжал:

— Жили они верстах в пяти от того места, где я гостил, и жили довольно открыто. Я бывал у них ежедневно. Говоря откровенно, я влюбился в Марью Павловну по уши.

Это была прехорошенькая брюнетка с талией осы. А глаза, — это были какие-то бесы, а не глаза. Продолговатые, с длинными матовыми ресницами, они выражали сразу в одно и

22

то же время: "Я вас люблю", "я изнемогаю от страсти", "вы мне надоели" и "убирайтесь вы к черту!" Понимаешь ли, в этом-то и заключалось ее обаяние. С мужчинами она обращалась попросту, как с подругами. Один на один внезапно первая начинала говорить "ты", позволяла целовать свои руки и только что купаться с нами не ходила. Но больше ничего. То есть, понимаешь ли, так-таки ничегошеньки! Сразу я очутился в преглупейшем положении. Я торчал возле ее юбок по целым часам, катался с нею верхом и на лодке, гулял пешком, просиживал по целым ночам у пруда — и безуспешно. То есть, не совсем безуспешно, руки свои она мне целовать позволяла, — и только. Впрочем, я злоупотреблял и этим единственным моим правом. Я целовал эти руки ежеминутно и изучил их в подробности. Это были прекрасные, художественные руки с длинными, великолепно выточенными пальцами. На их кистях сквозь нежную кожу просвечивали три синие жилки. Одна, как бы главная, и две, как бы впадающие в нее. На левой руке главную я звал Дунаем, а впадающие Бренцом и Моравой. На правой же ее руке извивалась Волга с Камою и Окою. Бассейн Дуная был почему-то милее моему сердцу и часто я просил ее:

— Божественная, я жажду. Дай мне испить воды Дуная и его притоков!

А она совершенно серьезно отвечала мне:

— Нет, этого слишком для тебя много. Целуй Оку и убирайся к сатане. Я хочу спать!

И она уходила от меня, когда ей этого хотелось, оставляя меня, как собаку. Мое самолюбие было уязвлено до последней степени. Мне хотелось одолеть ее во чтобы то ни стало, хотя, понимаешь ли, я считал ее далеко не пустой женщиной.

Рассказчик на минуту умолк, как бы погруженный в воспоминания. Толстяк невозмутимо процедил:

— Мм-да-мм, — все женщины пусты. Я знал только одну женщину; та не была пуста; она была набитая дура!

И он, пыхнув сигарой, умолк; его спутник пожав плечом, продолжал:

— Между тем я стал дурак дураком. Я изнемогал от любви и уже начинал приходить в самое мрачное отчаяние. Я готов был покинуть негостеприимные берега Волги и Дуная к ехать куда-нибудь на Рейн.

И вдруг все устроилось как-то совершенно для меня внезапно, само собою. В этот день я торчал у Марьи Павловны с утра. Вечером к ним должны были съехаться все соседи; предполагались какие-то увеселения. И вот в восьмом часу,

23

почти перед самым приездом гостей, Марья Павловна на минуту куда-то исчезла и затем вышла ко мне в амазонке, напудренная и оживленная. Она заявила, что сейчас едет со мной, и что лошади уже оседланы. Я был в восхищении. Все-таки мне предстояло в перспективе хотя прокатиться по Волге. О Дунае я уже не мечтал. Мы поскакали верхами в сосновый лес, расположенный верстах в трех от их усадьбы. Ничего не подозревавший Петр Петрович провожал нас до ворот и добродушно улыбался нам обоим. Через несколько минут мы были уже в лесу. Нам обоим было весело до головокружения. Мы карьером носились по лесным тропинкам, гоняясь друг за другом, напевая романсы, декламируя стихи и хохоча на весь лес. Марья Павловна была оживлена до последней степени. Она, сломя голову, носилась лесными просеками, пугала мою лошадь взмахами носового платка и улюлюкала, как будто травила зайца. И вдруг громовой удар, с треском прокатившийся по лесу, отрезвил нас. Мы огляделись; над лесом взмывала громадная с лиловыми краями туча, рычавшая еще тихо, но весьма внушительно. Влажный ветер, кувыркаясь, побежал просекой, сообщая свое последнее предостережете. Лес дрогнул, весь склонился в одну сторону, как бык, поджидающий врага, и тревожно зазвенел хвоей. Мы поняли, что война объявлена, и что сейчас упадет ливень, проливной, оглушительный ливень, какие бывают в июле после продолжительного зноя. Поспеть доскакать домой нечего было и думать. Надо было искать хотя какого-нибудь убежища. По счастию, в нескольких саженях от того места, где мы носились друг за другом, я увидел маленькую землянку, в каких обыкновенно живут во время работы в лесу угольщики. Мы поспешили туда. Я привязал лошадей рядом и увлек Марью Павловну к землянке, спасая ее от бешено крутившегося вихря и от первых крупных капель падавших как картечь. Едва мы скрылись в землянке, как целые водопады с грохотом обрушились на лес. Между тем мы расположились в нашей каюте. Землянка очевидно была брошена. Кроме целого вороха угольев у ее задней стены да низких лавок по бокам, там не было ничего и никого. Мы пережидали ливень взволнованные и притихшие, прислушиваясь к его реву, злобному рычанию туч и свисту бури. Мы даже не видели лиц друг друга: в землянке было темно, как в трубе. Окон в ней не было, а ее единственную, крошечную дверь мы затворили, так как косой ливень через ее отверстие мог пронизать нас в этой норе до нитки. Мы сидели рядом на низкой лавке, так что я ощущал теплоту тела Марии Павловны. Не знаю, как это сделалось, но я опьянел до головокружения. Я потянулся к ней, стал на колени и даже ткнулся губами в лавку, покрытую, как мне показалось, целым слоем мелкого песка.

Между тем тучи продолжали рычать, и целые потоки шумного ливня лились на нашу землянку. Но все это я слышал как во сне.

Через час ливень прекратился, и мы вышли к лошадям. В лесу стояла непроницаемая тьма. Среди мрака, не видя лиц друг друга, мы шагом двинулись к усадьбе — оба безмолвные и виноватые. Кое-как мы добрались до дому. Когда через небольшую прихожую мы вошли в приемную, там уже шумело большое общество. Почти все соседи были здесь налицо. Комната была ярко залита светом. Все вместе с хозяином двинулись к нам на встречу, веселые и довольные. Но вдруг все сразу остановились, разинув рты и вытаращив глаза. Кто-то даже сдержанно фыркнул. Петр Петрович побелел, как полотно. Сконфуженный я оглянулся на Марью Павловну и понял все. Между тем, она стояла, ничего не подозревая с улыбкой на губах. И все ее лицо было испещрено изображениями моих усов. Они были у нее на лбу, на висках, под глазами, на носу, на подбородке, на верхней губе, на шее. На ее щеках они сидели целыми десятками. Они прятались за ее розовыми ушами, путешествовали по Волге и Дунаю, а с ее белой, как фарфор, шеи они углублялись куда-то вдаль, друг за другом, целыми станицами, как журавли на юг. Они были изображены в профиль, en face, в три четверти, в одну восьмушку и даже каким-то образом летали по всему ее личику верх тормашками. И не было никакого сомнения, что это были изображения именно моих усов, вздернутых к верху вот также, как ты их видишь сейчас. Ни один человек из присутствующих не сомневался в этом ни на минуту. Марья Павловна стояла растатуированная моими усами, как дикарка. А она ничего не знала этого и улыбалась, что делало ее лицо жалким и смешным. В комнате после взрыва недоумения сделалось напряженно тихо. Я пережил отвратительных две-три секунды. Я понял все. Мы были в землянке угольщиков, и ее лавки, очевидно, были покрыты целым слоем раздробленного в порошок угля. Я ткнулся губами в лавку — раз, я это помню, и тогда я принял этот ужасный порошок за песок. Но, вероятно, пьянея от любви, я прикасался к лавке лицом многое множество раз. И каждый раз таким образом, зацепив своими влажными от дождевых капель усами порошок угля, как зубной щеткой, я расточал вместе с поцелуями по хорошенькому личику Марии Павловны изображения моих усов. Вероятно, их отчетливому отпечатку способствовало еще то, что она перед поездкой в лес обильно напудрилась, а чтобы пудра не осыпалась во время скачки, она смазала все лицо кольдкремом. И мои напачканные углем усы отпечатывались на кольдкреме, как на мастике, а пудра рельефней оттеняла их изображения.

Я стоял, как дурак. Между тем в комнате напряженная тишина разрешилась невообразимым гвалтом. Десять человек еле-еле удержали Петра Петровича, иначе он раскроил бы мне череп тяжелым бронзовым подсвечником. Через два дня он пытался снова сделать это, и когда мы сошлись на поляне в том же самом лесу, где стоит предательская землянка, он целил в меня из своего пистолета мучительно долго. Его пуля свистнула около моего левого уха, и я до сих помню ее отвратительное дзиньканье.

И так муж едва не убил меня, а жена возненавидела всею душою. Она не могла мне простить ни за что в мире те две минуты, когда она стояла под перекрестным огнем тридцати глаз, жалкая и смешная, с изображением моих усов на всем своем личике.

Рассказчик замолчал, подбрасывая на своей ладони поднятый им уголек, и, очевидно, погрузился в воспоминания.

— Мм-да-мм, — промычал его спутник, — охота же объясняться в любви в неподходящем месте!

ПОМПЕЙ

Сотский, молодой мужик из отставных солдат, румяный и еще не потерявший солдатского облика, лениво толкает кулаком в бок стоящего перед ним человека и сердито ворчит:

— Есть мне когда с тобой вожжаться! Ты штоль заваленку-то мне на зиму завалишь, а? А мне черз тебя мерзнуть тоже не артикул! Вот то-то и оно! — добавляет он, встряхнув головою, и плюет себе на ладони, чтоб взяться за лопату.

— Настасья! — кричит он через минуту. И сердито косясь на этого, только что привезенного к нему человека, он ворчливо добавляет:

— Вас, бродяг беспачпортных, тысячи, а я один. Понял? Вот то-то и оно! Да. А у нас теперь что ни день — полтина, а тебе што? Вот то-то. Показал бы я тебе беглый огонь по загривку, да моли Бога — в руках лопата. Эх, ты шрапнель линючая!

Сотский презрительно двигает губами, раздраженно вонзает лопату в кучу разопревшего и дымящегося навоза и снова плюет на ладони. Косые лучи осеннего солнца светлым пятном ложатся на его широкую согнутую спину, а когда она выпрямляется, пятно это скатывается к его пяткам как жидкость. Стоящий возле человек безучастно глядит на это путешествие светового пятна и равнодушно жмурится. Человека этого, как захваченного без надлежащих документов, препровождают по сельской пересылке, от села до села, в ближайший уездный город. И вот теперь он равнодушно поджидает очередной подводы. Он худ, высок и одет в рванье; на ногах какие-то жалкие опорки. На шее красный промасленный платочек. Из-под крошечной вытертой шапочки из поддельной мерлушки красиво выбиваются короткие, сильно поседевшие кудри. Худощавое, бледное лицо бродяги глядит строго и безучастно, как у аскета. Глаза тусклы и усталы. Он неподвижно стоит возле избы сотского, глубоко засунув ладони рук в рукава нанковой кацавейки и как будто бы занят какою-то думой. И вдруг, от брани ли сотского или от чего другого, все лицо его внезапно собирается в складки. Складки эти, резкие, грозные и решитслыпые, как бы проведенные ударами ножа, идут от его глаз к носу и затем под острым углом круто спускаются к углу рта, совершенно изменяя выражение его лица. Оно все точно преображается и делается злобно торжествующим, дерзким и дьявольски наглым, как у сатира. В то же время его клинообразная

27

начинающая седеть бородка как бы вытягивается. И все это происходит в одно мгновенье, точно стоявшего здесь человека подменяют другим, точно он весь внезапно перерождается под дыханием чудодейственной силы.

— Послушай, голубок, — внезапно говорит он хриповатым тенором, слегка изгибаясь к сотскому в то время, как его собранное в морщины лицо как будто все содрогается от бешеного смеха, — послушай, голубок, тебя фельдфебель в какое больше ухо толкать любил? В это иль в то?

И он умолкает, точно весь извиваясь от пожирающего его хохота.

Когда взбешенный сотский поворачивается к говорящему, он не узнает в этом злобном лице ни одной черты, которая напоминала бы собою прежде стоявшего здесь человека, и, едва не выронив лопату сотский широко раскрывает свой рот.

— Настасья, — кричит он через минуту, уже несколько придя в себя, — Настасья!

Между тем лицо бродяги также внезапно разглаживается, словно потухает. Он снова принимает усталый и равнодушный вид и неподвижно стоит в свете осеннего солнца, пряча ладони рук в рукава выцветшей кацавейки.

Через некоторое время жена сотского Настасья, миловидная круглолицая бабенка, опоясанная шашкой мужа, выезжает из ворот на пегой лошадке, впряженной в громоздкую телегу. Она размашисто, по-бабьи, дергает вожжами, сильно работая локтями и неумело чмокает губами. Телега останавливается. Бродяга лезет в телегу и рассаживается в задке, свернув по-турецки ноги. И вот они отправляются в путь сперва широкою улицей села, а затем легонько свертывая в поймы.

Долго они плетутся ленивой рысцой тихими поймами, по вязкой дороге, и упорно молчат. На лице бродяги полнейшее равнодушие, а лицо бабы выражает хозяйственную деловитость. Оно как бы говорит собою: "Рубах я мужу постирала, телятишек попоила, теперь бы вот сечки лошади нарубить!" Однако она молчит. Бродяга созерцает это повернутое к нему в профиль лицо, и по его губам порою скользить брезгливое сожаление.

— У тебя телятишки штоль есть? — внезапно спрашивает он ее, заметив мокрое, словно изжеванное телячьими губами пятно на поле ее полушубка.

— А как же! — радостно повертывается к нему Настасья, брякая шашкой. — У нас три телки и одна телочка! — добавляет

28

она с добродушной лаской в карих глазах, — мы слава, Тебе Господи, как живем!

— А на кой они тебе ляд, телятишки-то эти? — говорит бродяга с презрительной усмешкой, едва, впрочем, уловимой. — Что они умнее што ли тебя сделают? Умнее? Эх, вы! — двигает он плечом и уже апатично добавляет: — Тли вы паршивые!

— А ты знаешь, кто я? — вдруг повертывается он к Настасье с некоторой живостью, — я — Помпей, тот самый Помпей, который графиню Карлыганову задушил в ночь на 18-е октября. Слышала?

Помпей устанавливает на бабе загоревшиеся глаза и некоторое время молчит как бы следя за эффектом, который произвели его слова. Баба тоже молчит с недоумением на лице.

— Слышала? — вдруг вскрикивает он. — Так вот я тот самый Помпей. Тот самый Помпей, — поднимает он худую ладонь, — который вам в пасть вашу голодную три тысячи десятин швырнул и жителями вас сделал! Нате, дескать, жрите! Тот самый Помпей! Слышала ты что-нибудь о нем? Слышала? Да ты полегче! — вдруг снова вскрикивает он резко, — на рытвинах-то попридерживай! Ведь не на лесорах меня везешь!

Помпей с раздражением умолкает. Настасья с недоумевающим лицом придерживает лошадь.

— Тли вы паршивые, — между тем, вновь начинает Помпей, — жадность у вас, как у дьявола, а робость как у зайца и у всех это так, все вы на один поганый образец слажены! На каждую курицу чужую вы зубы свои точите, а чтобы самим эту курицу взять, — смелости на это у вас нет. Страшно! Вы — трусы! По задворкам вы и день и ночь блудите и вам не страшно, а на народ выходить — сейчас голову маслицем и на лицо добродушие, хоть икону писать! Эх вы! Впрочем, мне на вас наплевать, — продолжает Помпей после некоторой паузы, — и то сказать, не вы одни такие. Все такие. Весь мир такой. Весь мир — пес голодный. И я на этого самого пса плюнул, плюнул и ногой растер. Ничего, дескать, мне от тебя не нужно. Ни радостей, ни горя, ни богатства, ни бедности! Ничего! Понимаешь ли ты это, баба? Ничего! Псу — песье, а мне ничего!

— И меня теперь, — вдруг вскрикивает он, — ничем испугать и удивить нельзя, ничем! Потому что я вроде как на облако от мира-то вспрыгнул. И сижу себе там посиживаю. У другого, конечно, головка закружится, а у меня ничего. И вы мне оттуда такими махонькими да поганенькими кажетесь.

29

Словно черви у падали копошитесь. Эх, вы! — снова крутит Помпей головою.

— Да чем ты меня напугаешь-то? — поднимает он глаза на Настасью, — какими такими страхами? Ведь я из-за вас двенадцать лет каторги отхватал, и мне каторга эта самая не страшна! Так-то. А ведь у меня десять тысяч капиталу могло бы быть! — повышает он голос. — Десять тысяч! И я на манер барина мог бы жить, а ты бы у меня кухаркой. Я бы: "Гей, Настасья; тсс, Настасья!", а сам бы папироску в зубы, шапочку набекрень и в ренсковой погреб! А ты бы передо мной на цыпочках, да на цыпочках, да на цыпочках! Так-то! Так вот оно что могло бы быть! Только я на все это — тьфу! Тьфу и еще раз тьфу! И вам в голодную пасть вашу — три тысячи десятин земли — нате жрите! а сам на каторгу; на двенадцать лет... А теперь гол и бос, как Робинзон! И ничего! Здравствуйте — прощайте! И не потому я это сделал, — повышает он снова голос, — графиню-то, то есть, задушил, не потому, чтобы мне жалко вас стало, и не ради любви к вам, или из сострадания, а потому что вы мне больно уж скверными показались. Так вот я, чтоб под одну с вами шапку-то не стать, это сделал. Вы не смеете, а я смею. Вы рабы, а я сам себе хозяин. И нет мне угрозы никакой в мире, и нет мне закона, нет черты и предела! Все могу! Слышишь ли ты меня, баба! Все могу! Все!

Голос Помпея звучит грозно, злобно и торжественно; все его лицо точно освещается фантастическим светом, и баба глядит теперь на него во все глаза с робким любопытством и тревогой в каждой черте. Между тем, телега, шипя в лужах, въезжает в узкую котловину, точно сжатую с двух сторон цепью невысоких холмов. В одном месте холмы словно расступаются, образуя узкое ущелье, будто прорубленное ударом топора. И по дну этого ущелья серой змеей вьется узкая лента дороги. В котловине тихо. Посреди луговины неподвижно распласталось круглое озерцо, блестя застывшей поверхностью, как металлическое зеркало. А у самого озера одиноко выстрелили вверх три березки, белые, тонкие и прямые, как свечки. Легкий ветер раздувает порою их желтую листву, как пламя, и в эти минуты кажется, что они горят и не сгорают.

— Вон три сестрицы горят и не сгорают, — мечтательно произносит Помпей, вытягивая худую руку по направлению к озеру. — Первая сестрица — злоба людская, вторая сестрица — грех людской, и третья сестрица — трусость людская! А хочешь я расскажу тебе, как я это сделал? Восемнадцатого октября-то? — внезапно обращается он к Настасье, как будто слегка изменившись в лице.

30

Баба молчит и о чем-то думает.

— Двадцать лет назад это было, — начинает Помпей свой рассказ. — И владела всеми этими землями, которыми вы посейчас владеете, за исключением надела, конечно, графиня Карлыганова. Анна Васильевна Карлыганова. А усадьба ее стояла там, где теперь у вас гумны разбиты. Тут у нее и сад был, и черемуха под окнами, и жасмин у балкона. Жила она тихо и смирно, без роду без племени, и словно свечечка в доме своем господском одиноко догорала. И было у нее три тысячи десятин земли окроме капиталу. А сама-то Анна Васильевна скаред была, Бог с ней, каких мало, и нуждались вы из-за земли в то время надо бы хуже, да нельзя. Просто, как рыба на сухом берегу бились. Даже о переселении кое-кто подумывать начал было. А я в те времена как сыр в масле катался. Вам плохо, а мне нет того лучше.

Вам жизнь — черт, а мне — первый сорт. И был я в то время наилюбимейший лакей ее. В суконных с позументом ливреях, бывало, с ней к обедни выезжал, а пуговицы — тебе такие и во сне не приснятся. Бывало ходишь по всем горницам и сапогами легонькими поскрипываешь, что твой барин. А лицо у меня в то время бритое, да выхоленное было, а шею так даже ладошкой не обхватить. И верила мне графиня как самой себе. Только случилось раз так, выписала к себе графиня из городу нотариуса, священника позвала, двух соседей; и все в одну комнату собрались; слышу — промеж себя разговор ведут. Что бы это такое значило? — думаю. Взяло меня любопытство, и я недолго думая — ухо к двери. Слышу — духовная. Три тысячи десятин земли вам, крестьянам, то есть, а мне десять тысяч капиталу. Это после ее смерти, стало быть! Да ты слышишь! — вдруг резко вскрикивает Помпей.

Баба сидит и не сводит с него глаз.

— Слышу, — наконец, робко шепчет она, — и точно начинает зябнуть.

— То-то, — грозно повторяет Помпей, грозя худой рукою. — И вышло так, что все село об этой самой духовной узнало, — продолжал он, — я же навеселе выболтался.

И сперва все, как на именинах, повеселели, а потом, вижу, нежданно в грусть впали. Слышу по селу разговор идет. "Улита-то, дескать, хоть и едет, да не угадаешь когда-то будет. Во всем, дескать, Бог. Она-то, дескать, хоть и стара, это графиня-то, а может сто лет прожить, а за это время поспеешь еще десять духовных сделать!" И ходят все надутые, ровно их графиня-то ограбила. Противно глядеть даже. Однако, я ни гугу. Думаю, что-то дальше будет. Любопытно мне. И стали они передо мной лисить, хвостом вертеть. Увидел я тут сразу чего им хочется-то и все-таки — молчок. Ни гу-гу! Играйте, дескать, когда так, в открытую, собачьи дети! А они мне и то и се, и пятое и десятое, но козырей однако же своих не показывают. Воздерживаются, псы голодные! И я молчу. "Тля вы паршивая!" — про себя думаю. А они мне: "Помрет она, это графиня-то, и ты богачом Помпей Ардальоныч будешь!" Понимаешь? Это меня-то? Помпеем Ардальонычем вдруг! Ах, чтоб вас, пузо вы прожорливое! Однако я опять ни-ни! Ни слова. Жду, что будет дальше! Жду!

Помпей на минуту умолкает и сосредоточенно глядит перед собою, точно созерцая какую-то картину.

— Пузо прожорливое! — снова восклицает он через минуту с брезгливостью на губах. — Не выдержало пузо прожорливое! Трое ваших поздним вечером меня за гумно вызвали. Прихожу. Стал я перед ними. Жду, что будет. А они — шу-шу, шу-шу — и глаза в землю. Сказать даже не решаются, псы, чего задумали. "Что же вы? — это им я-то говорю, — докладывайте в чем дело ваше, — я пришел!" А они опять шу-шу, шу-шу, и ни слова. Только глаза в землю и белы, как мел. Боятся! Языки-то проглотили! И тут я сам уж их спросил. Выручил. — "Прикончить ли ее? — спрашиваю. — Ведь за этим вы меня звали?" — "Прикончить ли? — опять спрашиваю. — Молчат. — Слушайте! — это им я-то говорю, — ведь если я ее прикончу, так ведь я за это в Сибирь на рудник пойду, слышите! Укрываться я не стану. Если я сделаю, так уж я и отвечу! Делать ли мне? Неужли вы сразу две души слопать хотите?" — спрашиваю. А они при этих словах бух в ноги, точно их косою подрезали. Упали. Один я стою. — "Эх вы! — про себя думаю, — ногой бы вас пхнуть! Да стоит ли?" А они все ничком лежат. Слышу заревел кто-то: — "Пом-пе-юшка!" — Ушел я от них. Не знаю, скоро ли они с земли после встали. А все это в ночь на 18-е октября было. Двадцать лет назад тому. Давненько, а хорошо помнится. И этой же ночью вошел я в графинину спальню.

При этих словах Помпей понижает голос и с силою втягивает в себя воздух. Настасья робко жмется к передку телеги. Лошадь плетется шагом. Колеса шипят в луже.

Помпей продолжает:

— Вошел я в графинину спальню. Вошел, и меня словно на облака закинуло. А она увидела меня и поняла сразу, зачем я к ней в гости пришел, потому что на меня в ту минуту уже печать легла. Вижу я, забилась она на постель в угол и, как рыбка на берегу, меж подушек трепещет, а сама ручкою воздух вокруг себя крестит. Бухнулся я тут ей в ноги, и я опять стал. К постели ее, как во сне, иду. А она все воздух крестит, все крестит. И выставил я вперед вот эту самую руку, а меня под ноги словно ледяным мешком ударили. Повалился я на нее и за горло ее вот этою рукой схватил...

— Стой! — внезапно вскрикивает Помпей злобно и визгливо, — стой, чертова дудка, стой! Тебе говорят, што ли!

Баба торопливо и испуганно останавливает лошадь. Крутые стены, ущелья, поросшие молодым березнячком, горят по обеим сторонам дороги, как в пламени.

— Стой! — повелительно повторяет Помпей и неторопливо слезает с телеги. — Я с тобой дальше не поеду, — апатично заявляет он, наконец, — у тебя лесора лопнула, а я к куме на свадьбу спешу! Так я пешедралом скорее там буду! Слышала?

Он умолкает со вздохом и сердито глядит на бабу.

Баба глядит на него с недоумением. Она как будто ничего не понимает. Между тем, он подходит к передку телеги и говорит снова:

— Так-то, сударушка. Поезжай себе с Богом направо, а мне налево надо. Дороги наши на разные концы вышли. Что делать? — пожимаешь он плечами. — И рад бы в рай, да грехи: езжай себе с Богом.

— А домой приедешь, — вдруг вскрикивает он, — скажи, кого везла и что слышала. И плюнь им от меня в харю! — снова добавляет он пронзительно. — Да ты постой! — повторяет он резко и с расстановкой. — Скажи им еще, что она доподлинно уж знает, на ком ее кровь искать надо, — изгибается Помпей к лицу бабы, — знает, — повторяет он дико, — потому что в последнюю минуточку я на ухо ей шепнул. Не я, дескать, — а мир! Слышала? Не я, дескать, а мир! Поняла? Не я, — а мир! — взвизгивает он и умолкаешь.

Все его лицо внезапно собирается в резкие складки; оно как бы все преображается и делается злобно-торжествующим, дерзким и наглым, как у сатира. Его клинообразная бородка точно вытягивается.

— Не я, а мир! — повторяет он в последний раз, будто весь содрогаясь и захлебываясь от дикого хохота.

В то же время баба как бы что-то начинает соображать. Она изумленно раскрывает глаза, торопливо дергает вожжами, стараясь повернуть пузатую лошаденку, и изо всех сил ударяет ее ножнами своей шашки. Лошадь пускается вскачь, и скоро баба исчезает за поворотом, все с тем же страхом во всей фигуре, наколачивая лошаденку и брызжа по лужам грязью.

А через час Настасья стоит уже возле своей избы, в съехавшем на затылок платке, все с тою же шашкой на боку, вся взволнованная и возбужденная. Вокруг нее галдит и волнуется целая толпа. Тут и мужики, и бабы, и ребятишки.

Среди отрывочных и малопонятных возгласов то и дело слышится: Помпей, Помпей, Помпей.

А она, с возбужденными жестами и безусловно веря каждому своему слову, докладывает.

— Расставил он вот эдак вот свои ноги и промеж этих самых ног — мырк! Только я его и видела! Словно сквозь землею! И только быдто на этом месте дымок, быдто дымок по травке!

Из толпы несется изумленно: — Э-э-э...

НИЧЕГО ТАКОГО

Они только-что окончили чаепитие, но в саду так хорошо, что уходить с балкона не хочется. На балконе пахнет шиповником и тем задорным запахом весны, который так пьянит сердце и пробуждает в нем столько надежд. В саду тихо; ни на небе, ни на земле ни звука, и тихий вечер словно оцепенел в ясном и милом недоумении удивленного ребенка. И невольно охваченные этим ясным оцепенением они молчат, поставив локти на стол и безмолвно поглядывая друг на друга. Она молодая белокурая женщина, он молодой чиновник из контрольной палаты. У нее — милые карие глаза на славном русском лице и белая пухлая шейка, задорно выглядывающая из разреза кофточки, у него черные усики над румяной губой.

Ярко вычищенный самовар отражает их изуродованные лица на своем металлическом животе и тихо гудит, как муха, попавшая в бутылку. Это гуденье как будто пробуждает чиновника; он тяжело вздыхает, двигает под столом ногами и говорит:

— Вечер-то какой, Марья Ивановна! Воздух-то что за диво! О-ох! — в его глазах загорается удовольствие.

Он кажется хочет еще говорить, но Марья Ивановна его перебивает.

— Будет вам, Петр Петрович, — говорит она с гримаской на губках, — знаю я, к чему вы эту музыку ведете. Прекрасно знаю! Но только напрасно это, право напрасно. Ничего такого вы от меня никогда не увидите, только время зря проведете, и по службе упустите!

Петр Петрович моментально вскидывает обе руки кверху.

— Марья Ивановна, — вскрикивает он трагически, — Марья Ивановна, Господь с вами! Опять вы за старое! Кто вам сказал, что я жду чего-то от вас? Как вам не стыдно каждый раз меня так...

Он хочет сказать — третировать, но не знает, будет ли это уместно, и потому умолкает, сокрушенно крутя головою.

— Кто мне сказал? — спрашивает его в свою очередь Марья Ивановна, — хм, — усмехается она саркастически и даже поводит плечом, — кто сказал? А зачем вы приходите ко мне каждый раз, когда Григорь Григорич дома нет? Почему вы вот именно сегодня пришли, а не вчера, не третьего дня, когда Григорь Григорич дома был? Почему? Нечаянно? Случай такой выходит?

Она глядит на чиновника уничтожающим и негодующим взором, и тот снова вскидывает обе руки кверху.

— Марья Ивановна, — восклицает он с пафосом, — зачем я пришел сегодня? Вы спрашиваете, зачем я пришел сегодня? Вы хотите это знать? Да очень просто-с! Потому что вы меня звали!

— Хм, — хмыкает губками Марья Ивановна, — хм, звала! Я его звала! — ядовито усмехается она одними губами, — когда это? Это когда вы в саду за грядкой-то копались? Да? Звала, потому что по вашим глазам вижу, что вы все равно придерете!

Чиновник тяжело вздыхает; он убит этим доводом и не находит на своем языке ни одного слова. На висках и на носу у него выступают даже капли пота.

Марья Ивановна глядит на него сперва со злобой, потом с торжеством, а затем с сожалением; по ее лицу видно, что ей хочется приласкать его, утешить хоть немножко, но она не решается; что-то ее останавливает и выражения самых разнородных настроений скользят по ее лицу, как облака по поверхности озера.

— Ну чего вы молчите-то? — наконец говорит она сурово, — обиделись, что ли? Если я напраслину на вас взвожу, — тогда простите. Больше не буду. Но только мне всегда казалось, что я вам нравлюсь. Да-с. А если я ошиблась, простите, — снова повторяет она и умолкает, надув губки.

Чиновник глядит на нее, тяжело дышит, краснеет, и, наконец, не совсем внятно бормочет:

— Вы мне нравитесь, Марья Ивановна, — и даже очень. Я даже увлечен. Ну что же? Что же тут такого? Ведь это еще не значит, что я что-нибудь себе позволю. Слава Богу, я не сиволдай какой-нибудь...

В звуках его голоса звучит как будто обида.

— Вот то-то и есть! — перебивает его Марья Ивановна, точно обрадовавшись. — Вот то-то. А что мне это может доставить окроме неприятностей? Ваше увлечение-то? Григорь Григорич мой благодетель и я об этом всегда должна помнить. У меня квартира, у меня горничная, у меня кухарка. А от кого? То-то-с. Я — "Глаша — то", "Глаша — это", а сама как барыня. Платьев у меня два гардероба полны-полнехоньки; и летние, и зимние, и полулетние, и каких-каких только нет! До ста лет живи, — не переносишь! Зимой на спектакле играть захотелось, — играй, — и играла! Двадцать пять рублей, то бишь двадцать семь рублей 35 копеек на ветер профуфырила, и не поморщилась; играла. Да еще как играла-то! Григорь Григорич сказал: "Чистый, говорит, Санбернар!"

— Сарра Бернар, — поправляет ее чиновник задумчиво.

— Ну, будь по-вашему, а только играла; и еще захочу, и еще играть буду! И что же за все это ему же в карман наплевать прикажете? Да? Стыдно это, Петр Петрович, стыдно! Ох, стыдно!

И она даже грозится пальцем. В то же время внезапно в ее глазах вспыхивают слезы и она умолкает. Кажется, и чиновник близок к тому же, но он крепится и только сутулится. На балконе делается тихо. Между тем вечер начинает темнеть и вместе с ним темнеет вся окрестность; милая и ясная улыбка ребенка, раньше блуждавшая по земле и по небу, делается теперь меланхолической улыбкой женщины, уже узнавшей любовь и измену.

Где-то близко проносится унылый крик птицы.

Марья Ивановна точно пробуждается от сна.

— Я знаю, вы скажете — говорит она задумчиво, — что он старый и лысый, и что его любить трудно. Что же делать, если моя участь такая! А вы бы подумали лучше, что с ним будет, когда он узнает об этом. Ох, мне даже и представить себе больно! Не могу я живого человека ножом резать, не могу, что хотите со мной делайте!

Она хрустит пальцами и в волнении умолкает. Чиновник по-прежнему тяжело дышит и молчит. На балконе снова делается тихо, и только ленивая струя ветра тихо перебирает концы скатерти.

— А этого скрыть нельзя, — внезапно говорит Марья Ивановна, — рано-поздно, а это всегда наверх выходит. Да и город наш не такой, чтоб здесь что-нибудь скрыть можно было. Здесь все знают. Я нынче булавку уроню, завтра все соседи — что, как и почему? Так-то, Петр Петрович! И я честью прошу вас, — добавляет она, — не думайте вы обо мне и не ждите от меня ничего такого. И тогда я вам всегда рада буду.

— Хорошо-с, — зловеще шипит чиновник, крутя головою, — хорошо-с. Понимаем-с.

И они умолкают. На балконе является прислуга и лениво убирает со стола. Наконец, стол убран, а они все сидят друг против друга, каждый, занятый своими думами. По их сосредоточенным лицам не трудно читать эти думы. Он думает, как скучна у них служба, как незначительно жалованье, и как далека от него эта славная женщина. А она думаст о том, как нелегко любить старика, как тяжко давить в себе молодость, как скверен их город, и как далек от нее этот человек. Она думает и о Григорье Григориче и постепенно в ее думах выходит как-то так, что из благодетеля он незаметно превращается в злодея.

Вокруг тихо. Вешняя ночь дышит на их разгоряченные лица спокойным и ровным дыханием удовлетворенной страсти. Ей хорошо. Она не знает никаких сомнений и никаких колебаний, кроме законов жизни, и от всей окрестности, от неба и земли, от воздуха, веет ясной гармонией, величием, спокойствием и правотою.

— Уф-ф, — тяжело вздыхает Марья Ивановна, — пойдем куда-нибудь. Жарко уж очень здесь. Душно что-то! Места себе не найдешь. Ф-фу!

И она снова тяжело вздыхает. Медленно они сходят с балкона в теплый мрак спокойно дышащей ночи, осторожно огибая сад, и выходят на тихую луговину. Здесь сумрачно и прохладно; луговина мысом врезывается в стеклянные воды речонки и загораживается от них зеленой стеной камыша. Речки даже и не видно отсюда. Вся поверхность луговины ровна, как скатерть, и только на середине этой зеленой скатерти живописно вздымается куст цветущей черемухи, как серебряный колокол. И они ходят по этой луговине взад и вперед, мелькая в тусклом сумраке.

Марья Ивановна взволнованно говорит:

— Ничего такого... ради Бога... Будьте умным. Конечно, если который умеет беречь секреты, умеет быть осторожным... который если понимает, сколько склоки он может доставить женщине... И потом какой может выйти скандал...

Долго они ходят по луговине, — она с возбужденным и покрасневшим лицом, — он, как-то перекосив плечи и жестикулируя одною ладонью; они ходят и разговаривают полушепотом, точно горячо оспаривают что-то. И кажется, что каждый из них спорит с самим собою. Бледный месяц выходит из-за горы и с недоумением глядит на их жестикулирующие фигуры, мелькающие в теплом сумраке вешней ночи. Наконец, эти фигуры внезапно исчезают, точно растаяв среди тихих сумерек.

Весь мыс делается похожим на сказку.

* * *

На мысе ни души. Только ночь одиноко стоит здесь оцепенелая и могучая. Да любопытная река, порою раздвигая шелестящий камыш, беспокойно глядит в сумрак неподвижными оловянными глазами. Посреди мыса, как серебряный колокол, вздымается куст цветущей черемуху белея во мраке.

И этот колокол шепчет плачущим человеческим голосом:

— Ради Бога... Слушайте... Не надо... Ничего такого... Ничего такого...

КОШМАР

Он лежал на неопрятном диване и спал. Его ноги были до колен накрыты тяжелым из серых овчин полушубком. Рядом с диваном, у изголовья спавшего помещался маленький столик, на котором стояла наполовину выпитая бутылка водки; возле бутылки валялся на боку стаканчик плохого зеленого стекла, а дальше белела тарелка с солеными огурцами. Пол горницы был неровен, и, когда спящий шевелился, стол начинал постукивать одной ножкой, а валявшийся на боку стаканчик покатывался и позвякивал то о бутылку, то о тарелку с огурцами. В комнате было темно и тихо, Две восковые свечи скупо озаряли из угла унылый полумрак комнаты. Одна из свечей теплилась перед распятием у пробитых гвоздями ног Спасителя, а другая мерцала перед образом апостола Петра, слева от распятия, в углу, возле затянутого кисейной занавеской окна. Свечи иногда потрескивали и бросали из-за пучка верб свет, блуждавший пятнами и по кисейной занавеске окна, и по неровным половицам горенки, и по бледному лицу спавшего человека. Угол обтянутой красным кумачом подушки выдвигался из-под головы спавшего. Его лицо было бледно и искажено страданием. Можно было подумать, что человек этот тяжело ранен в голову, а угол подушки обагрен его кровью. Под глазами спавшего темнели лиловые круги. Световое пятнышко лежало пониже его левого глаза, и едва шевелилось, как жадно присосавшийся паук. Спавший даже почесал у себя под левым глазом и застонал, скрипя зубами. В комнату тихо вошла совсем молодая и очень красивая женщина с бледным лицом и румяными губами, Одно из световых пятнышек, бесцельно ползавших по полу, перебралось на подол ее чистого ситцевого сарафана и, по мере того, как женщина подвигалась к дивану, переместилось с подола сарафана на металлическую пряжку ее ременного кушака.

— Савва Кузьмич! — позвала женщина спавшего и боязливо заглянула в его измученное лицо.

Спящий не шевелился и лежал неподвижно с головой глубоко ушедшей в подушку. Женщина вздохнула.

В горенке было жарко и до одурения пахло богородской травой и мятой, которые сохранялись тут же в шкафу, собранные летом и в изобилии засушенные на зиму, как потогонные средства и лекарства чуть ли не от сорока недугов.

У образов потрескивали свечи. Молодая женщина глядела на спавшего и думала:

"Ах, Боже мой, до чего это люди к винищу бывают пристрастны!"

— Савва Кузьмич! — снова позвала она.

Спящий пошевелился. Световое пятнышко сидевшее под его глазом, передвинулось ближе к носу; из-под полушубка показались тяжелые сапоги. Но Савва Кузьмич не проснулся и только заскрипел зубами.

"Ах, Господи, вот спит-то!" — подумала молодая женщина и даже руками всплеснула. Она, вероятно, отчаялась когда-нибудь добудиться спящего и пошла вон из комнаты. Ее черные, тяжелые косы лениво зашевелились на спине, как сытые змеи.

А Савва Кузьмич по-прежнему лежал на спине, тяжело дышал и видел странный сон.

В лесу было темно и холодно. Сырой осенний ветер шумел по лесу, срывая последние листья и швыряя их куда попало, как никому не нужное тряпье. Савва Кузьмич уже давно блуждал по этому лесу, тщетно силясь выйти на опушку. Его как будто томила лихорадка. Непрерывно усиливающийся шум леса наполнял его сердце безотчетным ужасом. Ему почему-то казалось, что это шумит не лес, а ревет вода, прорвавшая где-то плотину и с бешеной яростью устремившаяся на Савву Кузьмича, чтобы захлестнуть его своими волнами и увлечь куда-то далеко, в какую-то бездну без конца и начала, мрачную, холодную и ужасную, похожую на смерть или на ад.

Савва Кузьмич вздрагивал всем телом и медленно подвигался вперед, бросая вокруг беспокойные взоры. Наконец он вышел на поляну и остановился. Эта поляна сразу возбудила в нем жгучее любопытство. По его лицу как будто прошла улыбка. Он с трудом перевел дыхание, прислушался, и на цыпочках пошел по поляне, внимательно оглядывая в опушке каждый кустик, каждое дерево, каждый пенек. Савва Кузьмич не ошибся. На одном из деревьев висела на сучке новая крытая казинетом и подбитая ватой поддевка. Савва Кузьмич сразу узнал эту поддевку и остановился. Его сердце замерло от ужаса и жгучего наслаждения, как у охотника, с большим трудом выследившего опасного, но дорогого и редкого зверя.

Савва Кузьмич на цыпочках подкрался к поддевке; он осторожно распахнул ее на груди и полез в боковой карман этой поддевки, холодея от острого и мучительного чувства. В кармане он нащупал бумажник. Савва Кузьмич слегка вздрогнул и тихонько двумя пальцами потащил бумажник вон из кармана, косясь на поддевку, точно боясь, что она увидит его движение и схватит его пустым рукавом за горло. Однако, поддевка не шевелилась и ее рукава висели как-то беспомощно слабо.

Поддевка как будто спала Савва Кузьмич сел на корточки под деревом и раскрыл украденный им у поддевки бумажник. По его губам снова скользнула улыбка. В бумажнике были деньги. Он повернулся спиной к поддевке, а лицом к тучке, за которой прятался месяц, и, помочив слюнями кончики пальцев, стал считать ассигнации, В бумажнике было 2500 рублей, Савва Кузьмич переложил деньги из чужого бумажника в свой, а чужой закинул в кусты, насколько хватала только его рука. После этого он внезапно почувствовал облегчение, как человек, хорошо выполнившей трудное и рискованное поручение. Он хотел было подняться на ноги и идти отыскивать дорогу, но внезапно на его голову упала поддевка. Савва Кузьмич услышал, как ее пустые рукава стали искать его горло. "Сафроньевский приказчик!" — подумал он с ужасом, и его ноги задергало. На его лбу выступил холодный пот. Ему хотелось кричать и отбиваться руками, но ни язык, ни руки не повиновались ему более. Между тем пустые рукава поддевки сильней и сильнее сдавливали его горло. Савва Кузьмич собрал всю свою волю, замотал головою, застонал и проснулся. Он открыл глаза, с удивлением оглядел горенку и поставил ноги на пол. "Опять до припадка напился", — подумал он косясь на бутылку. Затем он перенес свой взор на зеркало. Оно отражало худощавого среднего роста мужчину с помятым желтым лицом, безпокойными глазами и рыжеватой бородкой. "Экая харя-то богопротивная", — подумал Савва Кузьмич с тоскою и жалобно позвал:

— Аннушка, Аннушка!

В комнату вошла черноволосая женщина, Савва Кузьмич покосился на образа.

— Аннушка, зачем ты свечи зажгла? — спросил он, почесывая смятый ворот русской рубахи.

Аннушка удивленно раскрыла глаза.

— Как зачем? Завтра день-то какой?

— Какой еще день?

— А вы, видно, память-то пропили? Какой день? Греховодник! Рождество Христово вот какой!

Аннушка поправила ременный кушак, стягивающий ее тонкую талию.

— Бесстыдник, — продолжала она, покачивая головой, —

42

допились до того, что ничего не помните. Я вас будила, будила, а вы только зубами скрипели.

— Какими зубами? — с раздражением переспросил Савва Кузьмич.

Аннушка фыркнула.

— Какими? Известно не моими.

— Сны, что ли, вы нехорошие видите? — добавила она.

— Сны нехорошие, — крикнул Савва Кузьмич, — а тебе какое дело, сорока!

Аннушка пошла вон из комнаты, но на пороге остановилась и повернулась лицом к Савве Кузьмичу. Ему показалось, что в ее глазах вспыхнул лукавый огонек.

— А вас, Савва Кузьмич, Никодимка работник спрашивает, — прошептала она.

Савва Кузьмич потянулся и зевнул.

— Зови его сюда.

Аннушка исчезла.

— Никодимка, — услышал Савва Кузьмич ее голос из соседней комнаты, — Никодимка, иди, тебя сам кличет.

На пороге появился Никодимка, белобрысый парень в рваном и очень коротеньком полушубке. Это был рабочий Саввы Кузьмича. Он крестился на образа и стоял на пороге, держа под мышкой какой-то сверток.

— Чего тебе? — спросил Савва Кузьмич.

Никодимка высморкался.

— До вашей милости; сделайте божескую милость, отпустите меня на деревню. Завтра я чуть свет здесь буду.

Савва Кузьмич нахмурил брови,

— То-то вы все отпустите, да отпустите! Я уж и без того всех отпустил. Всего с Аннушкой, да с тобой остался.

Никодимка переминался с ноги на ногу.

— Нет, уж вы и меня, сделайте милость, отпустите. Тут до деревни две версты всего, рукой подать, а завтра я чуть свет назад буду.

Савва Кузьмич почесал нос.

— Страшно одному-то. Неровен час случится что.

Он подумал и добавил:

— Ну, да уж ладно, иди. Только ты, сделай милость, присядь, добрый человек, покалякаю я с тобою полчасика. Скука меня томит. На сердце так вот и вертит. Присядь, сделай милость Тошно мне.

Никодимка осторожно опустил сверток на пол, на цыпочках подошел к дивану и опустился рядом на стул.

43

Затем он для чего-то вытер свои довольно чистые руки о грязные полы полушубка.

— Это что у тебя? — спросил Савва Кузьмич, кивая на сверток.

— Поддевка новая.

— Хорошая?

Парень осклабился.

— Буквально хорошая, казинетовая и на вате.

Савва Кузьмич улыбнулся.

— Празднику, значит, радуешься?

Парень просиял. Глаза его забегали, как мыши.

— Известно, радуюсь. Празднику кажиный хрестьянин, Савва Кузьмич рад бывает.

— Ну нет, ты этого не говори, — перебил его Савва Кузьмич, — не кажный может празднику радоваться, не кажный! Я вот тоже радуюсь, а вот приятель у меня есть один, из мещан он тоже, так тот не радуется. Нет, брат, ему не до радости. Его перед праздником, как беса, корежит!

Савва Кузьмич тихо засмеялся.

— Приятелю этому, — продолжал он, — Мухоморов фамилия. Меня-то Антроповым прозывают, а вот его Мухоморовым. Не слыхал такого?

Никодимка шевельнулся на стуле.

— Нет, не слыхал.

Савва Кузьмич вздохнул.

— И хорошо, добрый человек, сделал, что не слыхал. — Этот человек, — добавил Антропов, приближая свое лицо к Никодимке, — этот человек душегубству причастен.

Савва Кузьмич вдруг откинулся к спинке дивана и заглянул в глаза Никодимки.

Тот сделал губами "тссс!" и покачал головою.

Несколько минут прошло в молчании. Только восковые свечи потрескивали у образов. Их желтое с синей сердцевиной пламя колебалось и как бы подпрыгивало, точно пытаясь соскочить с черного стержня светильни.

— А ты не хочешь ли, братец, водки! — неожиданно спросил Савва Кузьмич Никодимку.

Тот встрепенулся.

— Дозвольте, если ваша милость будет. Много выпить я буквально не могу, а стаканчику завсегда рад.

Собеседники выпили по стаканчику. Никодимка отвернул дырявую полу своего полушубчика и обмахнул им все лицо. Кончик его носа покраснел.

Антропов продолжал:

— А знаешь ли ты, каким образом Мухоморов душегубству причастен? Не знаешь? Так слушай.

— Случилось это годов пятнадцать тому назад. Мухоморову в те поры двадцать пять лет стукнуло. И содержал он двор постоялый. Ну, конечно, с гроша на копейку перебивался; дворникам по нонешним временам плохой доход. Так вот, заехал как-то к Мухоморову этому самому на двор приказчик из соседнего имения, богатого, надо тебе сказать. Заехал и ночевать остался. А это, вот как и теперь, зимой происходило, и у Мухоморова полон двор извозчиков был. Ну, и заметил Мухоморов, что у приказчика этого портемонет битком деньгами набит... Он, конечно, околь него и так, и сяк, и эдак, и тары-бары, и винцом и закуской, и в глаза глядит, и лебезит, и только что, сучий сын, хвостом не вертит. Нда-с. Приказчик, конечно, заснул, а Мухоморов, не будь дурак, портемонет у него из кармана и выуди! А в портемонете том ни много ни мало, а две с половиной тысячи! Вот оно дело-то какое! Ну, утром извозчики кто куда расползлись, и приказчик, конечно, уехал и даже о деньгах не спохватился. Хмелен был. Уехал он, но часа через полтора шасть опять на постоялый двор. Так и так, дескать, деньги у вас обронил. Говорит, а сам белее снега. Не погуби, говорит, если нашел, отдай; не мои деньги, а господские. И зачал он перед Мухоморовым лбом в землю стукать, а сам плачет, заливается, как в лихоманке дрожит. И что же бы ты думал? Не выдал ему денег Мухоморов. Уперся, собачий сын! Знать, дескать, не знаю, ведать не ведаю! Вот какие люди, братец ты мой, на свете бывают!

Савва Кузьмич вздохнул. Никодимка снова сделал губами тсс! — и покачал головой, Он перегнулся и положил локоть правой руки на колено.

— Звери, а не люди, — продолжал Антропов, внимательно разглядывая лицо Никодимки и как бы наслаждаясь эффектом своего рассказа. — Звери, а не люди! Оно, конечно, соблазн велик был. Две с половиной тысячи — хорошие деньги, а в те поры самого Мухоморова со всей требухой его за триста монет продать на базаре можно было. Нда-с. — Антропов пожевал губами.

Его голова слегка покачивалась на плечах,

— Только, — продолжал он, — не выдал Мухоморов денег приказчику, а вскорости продал двор свой постоялый и маклачить кое-чем начал. Известно, денежка к денежке бежит, и теперь у него свой собственный хуторок есть и, окроме этого, всего прочего в волю.

Савва Кузьмич снова замолчал. Никодимка смотрел на

него посоловелыми от водки глазами и слегка посвистывал носом, В комнате было тихо и жарко. Пахло богородской травой и мятой. Слышно было, как Аннушка постукивала на кухне горшками. Савва Кузьмич налил себе стакан водки, залпом выпил его, закашлялся и сплюнул. Затем он хотел вытереть усы, но промахнулся и ткнул рукою в подбородок.

— Нда, — сказал он, — покачиваясь всем станом. — Нда! Что же по-твоему должен теперь чувствовать перед праздником Мухоморов этот самый, если приказчик, которого он ограбил, повесился? А, как ты думаешь? Какие-то теперь ему, Мухоморову, сны снятся, и каково-то он, помещик состоятельный, время свое проводит, а? Антропов грозно глядел на Никодимку. Его лоб вспотел. Никодимка все также меланхолически посвистывал носом.

— К вину Мухоморов пристрастен стал, — продолжал Савва Кузьмич после небольшой паузы, — шибко запивает. Иногда случается по цельной неделе без просыпу крутит!

Антропов вздохнул и продолжал задумчиво;

— А жаль его. Парнишкой хорошим рос. Только вот позывы стяжательские рано сказались в нем. Бывало младенцем семилетним сидит он себе на подоконничке ночью и все на небо смотрит. И как звездочка по небу прокатится, он сейчас же: "подай мне, Боженька, тысячу рублей!" — губками розовенькими прошепчет. Прошепчет и вздохнет. И, понимаешь ли, ни единой звездочки без этих слов не пропустит!

Савва Кузьмич улыбнулся.

— А то еще, — продолжал он, — подарит ему маменька к празднику душистого мыльца кусочек, и он сейчас с этим мыльцем на улицу бежит, мальчишкам уличным нюхать дает и говорит: "за это мыльце маменька миллион рублей заплатила!" — Антропов расхохотался.

— А мальчишки нюхают и руки назади держат, дотронуться боятся!

— Да неужели же? — спросил Никодимка.

Савва Кузьмич не переставал смеяться.

— Чего неужели же? — еле выговорил он, захлебываясь от смеха и содрогаясь всем телом.

Никодимка сделал сладкое лицо.

— Неужели ихняя маменька за кусочек мыла миллион рублей платила?

— Дурень, дурень, — раскатывался от смеха Антропов, — пятачок она медный платила, пятачок!

Савва Кузьмич поперхнулся и замолчал.

Он долго сидел так и молчаливо глядел на противоположную стенку горенки. Его брови были сосредоточенно сдвинуты, а лицо постепенно как бы темнело.

— Да, — процедил он задумчиво, — шибко запивает теперь Мухоморов. Невкусно видно ему.

Антропов придвинулся к Никодимке.

— И знаешь что? — продолжал он многозначительно и даже понизил голос, — виденья теперь ему некие являются. Туда зовут! Савва Кузьмич показал рукою на потолок.

— Туда. Милосердие ему обещают. Милость некую ему изъявить желают. Да! — Савва Кузьмич понизил голос до шепота.

— Сафроньевский приказчик, — прошептал он, — за покаяние прощенье сулит.

Антропов еще ближе придвинулся к Никодимке и поймал его за руку.

— А милосердия, — прошептал он с судорогами в губах, — Мухоморов не желает!

— Муки он алчет, муки! — вдруг выкрикнул Антропов, выпуская руку Никодимки и окидывая всего его строгим взором.

— Не так скроен Мухоморов, — продолжал он, вздрагивая, — чтоб его милостью взять можно было. Муки он алчет, и только после муки у него от сердца откатывает. Милость незаслуженная в нем только злобу родит. Да! А перетерпеть — страшно. Возврата к прежнему не будет. В пустыню Мухоморов уйдет. Да. Вот они дела-то какие, друг мой сердешный. И хочется туда, да страшно! И кричишь вроде как бесноватый: "Уйди, нет тебе до меня дела"!

Антропов отвалился к спинке дивана, пожевал губами и приподнял голову. Его лицо несколько просветлело.

— А как ты, Никодимка, — внезапно спросил он, — такого, как Мухоморов, человека назовешь?

Савва Кузьмич насмешливо смотрел на Никодимку. Глаза Никодимки беспокойно забегали.

— Как я его назову? — переспросил он, — а вы, Савва Кузьмич, не осердитесь?

Антропов сдвинул брови. Его лицо снова потемнело.

— Да мне-то что за дело, — процедил оп и притворно зевнул.

— Стервятником я его назову, — прошептал Никодимка, в упор уставясь в глаза Саввы Кузьмича, — стервятником!

Антропову показалось, что губы Никодимки гневно дрогнули.

— Вот как? — прошептал он.

— Да, вот как, — отвечал, слегка кривляясь от злобы, Никодимка и встал. Он прошелся по комнате, как бы пытаясь унять охватившее его волнение.

— Извините, мне на деревню пора, — наконец проговорил он, поднимая с полу сверток и вздыхая.

Антропов тоже встал, отыскал шапку и надел ее, сдвинув на затылок.

— Иди, я за тобой ворота запру, — прошептал он.

Его глаза встретились с глазами Никодимки. Савва Кузьмич почувствовал жгучее беспокойство. Фигура Никодимки показалась ему донельзя странной. Однако он пошел за ним вон из комнаты. Они прошли еще одну комнату, миновали кухню и через холодные сени вышли на двор.

Ночь была тихая, морозная и звездная. Белые тучки пролетали порой по небу, как светлые духи. Ночь точно ожидала чего-то ясная, светлая, покойная и уверенная в том, что ожидаемое свершится. Ветер не дышал. Белая тучка подползла к месяцу, поласкалась о его серебряный серп и полетела дальше. Где-то, может быть очень далеко, с веток дерева почти с металлическим шорохом посыпался иней. Белая тучка, вероятно, услышала этот шорох, на минуту остановилась, как бы задумалась, и вдруг стала разматываться, как клубок.

Антропов стоял в воротах, прислонясь спиною к столбу. Никодимка уже был от него саженях в десяти. Он шел поскрипывая снегом, и с каким-то особенным форсом размахивал локтями, так что сверток под его мышкой беспокойно вилял справа налево. Никодимка как бы умышленно мелькал им перед глазами Антропова.

Антропов узнал этот сверток. Это была поддевка Сафроньевского приказчика. Савва Кузьмич как-то весь вздрогнул к как бы растерялся. Но это продолжалось не более секунды. Он овладел собою. По его лицу прошло что-то смелое и удалое. Оно даже как будто осветилось.

— Никодимка, — крикнул он, улыбаясь, — а ведь Сафроньевского приказчика не Мухоморов облапошил, не Мухоморов, а я!

Никодимка обернулся. В его лицо ударил лунный свет, и оно показалось Антропову донельзя веселым и сияющим.

— Да я, — отвечал Никодимка, — да я, Савва Кузьмич, с первых же слов ваших догадался об этом, потому что на душегубах и стервятниках завсегда особый отпечаток есть!

Никодимка сверкнул всем лицом и круто повернулся.

Антропов задрожал от бешенства и бросился вслед за ним. Но Никодимки нигде не было. Может быть, он завернул налево, за угол серебряного сада, может быть спустился в русло крутобережного оврага направо. Как бы там ни было, он исчез, как бы провалясь сквозь землю.

Такое внезапное исчезновение Никодимки ошеломило Савву Кузьмича, и он, забыв запереть ворота, с тревогой и беспокойством в сердце отправился к себе в дом. В кухне его встретила Аннушка. Она была чем-то раздражена и, подперев кулаками свою тонкую, как у осы, талию, злобно набросилась на Антропова.

— Чего вы забегались? Чего вы, оглашенный человек, забегались, только дом студите? — кричала она, наскакивая на Савву Кузьмича и сверкая глазами,

Тот смешался.

— Да я, родимушка, Никодимку работника провожал.

— Какого еще Никодимку, пропащая вы головушка, сна на вас нет, пропойца несчастная?

Савва Кузьмич смутился окончательно.

— Да Никодимку работника.

Аннушка заволновалась еще более.

— Перекрестите вы зенки ваши непутевые! Какого еще Никодимку работника, когда вы его, вот уже двое суток, как на деревню отпустили!

Савве Кузьмичу стало холодно.

— А завтра какой день?

— А завтра Рождество Христово!

Савва Кузьмич хотел, но не имел силы заглянуть в глаза Аннушки. Он стал смотреть на кончик ее носа.

— А когда я сон о Сафроньевском приказчике видел? — прошептал он, чувствуя озноб.

— О приказчике? О каком приказчике? — закипятилась Аннушка, и все ее лицо покраснело от гнева. — О каком это еще приказчике? Какой сон? А я почем знаю! Може, вы сон-то этот полгода назад видели!

Она хотела еще что-то сказать, но Антропов остранил ее рукою и прошел к себе в комнату, сосредоточенно сдвигая брови.

"Так Никодимки не было, — думал он, — так стало быть, это они под видом Никодимки кое-кого ко мне подсылали! Много ведь у меня приятелей-то!"

— Сафроньевский приказчик здорово там орудует! — прошептал Савва Кузьмич, подходя к шкафчику и отворяя его.

— Сафроньевский приказчик шельма! — вслух произнес он. — Сафроньевский приказчик шило!

— А вы опять, негодный человек, за водку принялись? — услышал он за спиною.

Он обернулся; перед ним стояла Аннушка. Все ее хорошенькое личико было в красных пятнах.

— Отдайте сей минуту бутылку, аспид вы этакий! — кричала она, хватаясь за руки Антропова. — Отдайте бутылку аспид.

Между ним и молодой женщиной завязалась борьба. Савва Кузмин обхватил ее осиную талию. Бутылка выскользнула из его рук, стукнулась об пол и с дребезгом разбилась в куски. Антропов не выпускал из объятий молодую женщину, ее лицо было рядом с его, и ему показалось, что глаза Аннушки внезапно загорелись, как у пьющего горячую кровь хорька. Ее малиновые губы полураскрылись и как будто пересохли. Антропов задыхался.

— Аннушка, — прошептал он, чувствуя, что его голову наполняет горячий туман.

У него застучало в висках. Он впился в нее глазами. Аннушка смотрела на него все тем же взором хорька. Он сильнее стиснул стан молодой женщины. В ту же минуту Аннушка уперлась обеими руками в грудь Антропова и изо всех сил толкнула его прочь. Тот качнулся, потерял равновесие и, взмахнув руками, полетел на пол.

— Стервятник, — почудился ему насмешливый голос Аннушки.

Она опрометью выскочила из комнаты. Ее съехавший с головы платок болтался на шее.

Однако Савва Кузьмич нашел в себе силы подняться с полу. Он пошел, с трудом передвигая ноги, за молодой женщиной. В его голове стремительно крутился горячий вихорь. Ему хотелось чего-то до наглости смелого, дерзкого, нелепого. Он как будто принял от кого-то вызов и решился переступить через что-то самое важное, переступить или сложить за свою попытку голову.

Антропов, пошатываясь, подходил к заменявшей прихожую кухне и видел, как Аннушка, накинув шубку и теплый платок, выскочила в сени. Он бросился следом за нею. Но в сенях выходная дверь оказалась уже запертой снаружи на запор. Савва Кузьмич бешено застучал кулаками в дверь.

— Аннушка, — кричал он, — Аннушка!

— Чего вам? — послышалось из-за двери.

Савва Кузьмич припал лицом к двери.

— Аннушка, вернись, я пошутил, — сказал он ласково.

— Как же, пошутили, — послышалось за дверью, — видела я зенки-то ваши сатанинские. Золотом меня осыпьте, не останусь я ночевать с вами. Вы еще того и гляди задушите! Нет, я на деревню ночевать пойду. Боюсь я вас. Вы посмотрите-ка на себя в зеркало.

Антропов услышал, как заскрипели по снегу Аннушкины шаги. На него напал страх.

— Аннушка, — крикнул он в исступлении, — Аннушка, Аннушка!

Ответа не было. Аннушка, очевидно, ушла ночевать на деревню. Антропова все покинули.

— Аннушка, — крикнул он в последний раз и пошел в дом. Его сердце колотилось с невероятной силою. Глаза лихорадочно горели. Выбившиеся из-под шапки рыжеватые волосы прилипли ко лбу. В кухне он остановился и простоял около получаса, чувствуя прилив непреодолимого ужаса, вздрагивая плечами и боясь глядеть по сторонам. Он не решался идти в спальню, так как был уверен, что там уже все было приготовлено для его встречи. Враги его, наверное, постарались об этом. Наконец, он решился и, еле волоча ноги, бледный и дрожащий, двинулся к себе в спальню.

На пороге Антропов остановился, как вкопанный. То, что он увидел, превзошло его ожидания.

Перед распятием у ног Спасителя горела не одна свеча, а три. Его раньше запрокинутая назад голова была опущена долу и покоилась на груди, а апостол держал свою свечку в руке. В то же время под распятием, почти касаясь головою ног Спасителя, стоял Сафроньевский приказчик. Его руки были сложены как бы для молитвы, а взор устремлен вверх.

Антропов стоял оцепенелый. Теперь он понял, почему Аннушка и Никодимка оставили его одного. Все это было заранее предусмотрено ими. Ему показалось, что настала минута перешагнуть через самое важное. Его сердце загорелось дерзостью. Но он еще колебался. И тут он увидел, что губы приказчика зашевелились. Антропов услышал.

— Господи, прости мя, окаянного, и врагов моих. Господи, взываю к Тебе!

Савва Кузьмич понял, что приказчик молится за себя и за него, и это переполнило чашу его терпения.

— А я, — хотелось ему крикнуть, — а я милости твоей не желаю!

Однако, голос не повиновался Антропову. Его слова как бы прилипли к устам. Это взбесило его. Он сорвал с головы шапку

51

и изо всех сил швырнул ею в лицо покойного. И тогда произошло нечто неожиданное. Глаза апостола вспыхнули негодованием, а его рука вздрогнула. Апостол выронил свечу. Свеча, описав дугу, упала в складку на кисейную занавесь окна. Занавесь загорелась. Между тем Антропов бегом бросился вон и, зацепив в кухне за порог ногою, без чувств грохнулся на пол.

Когда Антропов очнулся, вся внутренность его домика была уже в пламени. Пламя шумело во всех комнатах, точно там сшибались, дрались и хлопали крыльями тяжелые огненные птицы.

Антропов в минуту сообразил в чем дело и бросился к окну в кухне. Он вышиб звенья, в кровь порезав себе руки, но за окном была ставня, запертая снаружи. Тогда он схватил случайно подвернувшуюся ему под руки скамейку и стал изо всех сил бить ею в ставню. Брызги стекла летели ему в лицо, в соседних комнатах шумело пламя, как вода, как лес в бурю. Антропову было жарко, но он упрямо работал скамейкой. Однако, ставня не поддавалась. Антропов вспомнил, что она была окована снаружи железом и прекратил работу. Нужно было искать другого выхода. Огненные языки уже стали заглядывать в кухню. Савва Кузьмич, захватив с собою скамейку, ринулся в сени к выходной двери. Он знал, что она заперта снаружи запором, но хотел попытать вышибить ее из косяков. Он решился во что бы то ни стало отстоять свою жизнь и, передохнув, высоко взмахнул скамейкой. Он нанес первый тяжкий и могучий удар. Дверь дрогнула, но ни одна из ее досок не выскочила. Антропов собрал все свои силы. Жилы его на его висках налились и вздулись, Он снова заработал скамейкой. Удары один за другим посыпались на дверь. Антропов работал бешено в исступлении, точно он громил своего заклятого врага, но тем не менее тяжелая дубовая дверь не поддавалась. Она стояла в косяках целая и невредимая, как могучий богатырь, преграждая дорогу Антропову. Между тем от скамейки вскоре остались одни щепки. Пламя сильнее бушевало в комнатах. Казалось, что там вертелись в бешеной пляске какие-то сверхъестественные огненные создания. Истлевшие клочья сгоревшей мебели кружились под самым потолком, как летучие мыши. Шум усиливался. Огненные призраки выпрыгивали порою сквозь отпертую дверь из кухни в сени и снова исчезали за дверью. Однако, порог был уже в их власти. Антропов бросил осколки скамейки на пол. Он уже начал отчаиваться в спасении, но его мысль продолжала еще упрямо работать, и озлобление не покидало его. Он напрягал память. Наконец, Савва Кузьмич вспомнил. Тут же в сенях за его

52

спиною есть лестница на чердак, а в крыше дома прорублено слуховое окно. Он бросился к лестнице. С его исцарапанных и изрезанных рук сбегала кровь. Во всем теле чувствовалась ломота. За своей спиной он слышал торжествующий гул, производимый пляскою огненных призраков.

Антропов перевел дух. Он уже был на чердаке. Облако едкого дыма наполняло чердак сверху донизу, но пламя еще не пробило усыпанного землей потолка. Огненные языки показались только слева у карниза и в середине около кухонной трубы. Они выглядывали на секунду и исчезали снова, и Антропову казалось, что они следят и шпионят за ним, чтобы броситься на него в самую удобную для них минуту. Савва Кузьмич с трудом отыскал глазами единственное слуховое окно и бросился туда. У него подкосились ноги. Слуховое окно было слишком узко, Савве Кузьмичу удавалось только просунуть голову и одно из плеч. Тогда он попытался поднять спиною накрывавшие окно доски. Он упирался руками в крышу и делал невероятные усилия, пытаясь сбросить доски проклятой ловушки спиной и затылком. От его рубашки остались одни лохмотья, а он все еще изгибал спину, рычал, как зверь, и в исступлении колотился затылком о доски. Наконец он утомился. Его, очевидно, покидали силы. Между тем, шум и возня под его ногами усиливались. Там что-то злорадно свистело, шипело и торжествующе хлопало. Внизу, вероятно, происходила целая оргия. Ногам Антропова становилось горячо. Он смотрел на небо, выставив в окно голову, левое плечо и руку. Его ожесточение сменялось апатией. Он отчасти был уже доволен тем, что дышит чистым воздухом и видит звезды. Его мысль работала лениво. Прямо перед окном посреди двора сидела собака и выла протяжно и жалобно. На белом снегу трепетали огненные тени.

"Ну и что же, — думал Антропов, — ну, и пусть я сгорю, и кому я нужен? Просил о страдании, и услышан, преступил, и казнен!"

Мысль Антропова шевелилась еле-еле, как отходящая ко сну птица.

"Господи, благодарю Тя!" — думал он.

Антропов смотрел на небо.

— Господи, благодарю Тя! — прошептал он и внезапно заплакал. Он плакал тихо и горько, но не из злобы, даже не из жалости к самому себе, а от умиления, которое внезапно вошло в его сердце. Он признал то, от чего бегал всю свою жизнь и чего боялся, как огня. Он признал милосердие и прощение.

Антропов впадал в забытье. Его высунутая из окна рука

повисла, как плеть. На дворе выла собака, и мелькали огненный тени. Потом рядом с огненными тенями появились черные. Они беспорядочно метались по двору и как бы подступали к домику. Затем внезапно одна из черных теней отделилась из общей массы, на минуту пропала и снова появилась на крыше домика. Она ползла к слуховому окну, как кошка к птице. Над головой Антропова что-то треснуло. Его кто-то ухватил, куда-то поволок и сбросил на что-то холодное.

Очнулся Антропов у себя на постели. Вокруг него толклись знакомые мужики из соседней деревушки, а рядом с ним стояли Никодимка и Аннушка. Все они беспорядочно галдели, недоумевая, из-за чего Савва Кузьмич разбушевался так сильно, что они впятером еле могли унять его. Однако, Савва Кузьмич ничего не понимал этого. Он сидел в изодранной рубашке, поджав под себя ноги, улыбался жалкой улыбкой, плакал и беспрерывно кланялся народу, припадая лбом к своей постели. Он благодарил народ за милосердие.

СОБАЧЬЯ ЖИЗНЬ

Лакей Никифор, по-стариковски шмыгая ногами, и чувствуя сердцем беду, явился на зов в кабинет; Барышников поглядел на него искоса, недружелюбно, и сказал ему:

— Видишь ли, Никифор, я бы с тобой не расстался, хотя ты и стар и очень нерасторопен, но твоя собака, Никифор, — она меня просто с ума сводит!

Барышников растопырил руки с красными ладонями, посмотрел на нос Никифора и истерично вскрикнул:

— Это какой-то черт, а не собака! Сегодня она вылакала сливки, а вчера съела на кухне яйца!

Никифор угрюмо ответил:

— Яйца скотница съела, а не Венерка.

— Это полсотни-то яиц скотница съела? — переспросил Барышников.

— Съела, — угрюмо повторил Никифор и добавил:

— А сливки усохли.

Все лицо Барышникова перекосилось язвительной гримасой.

— Усохли? — переспросил он.

— Усохли, — повторил Никифор, угрюмо.

Барышников сокрушенно вздохнул.

— Одним словом, вот что, Никифор, — сказал он, — пристраивай свою собаку, куда хочешь. Хочешь, отдай кому-нибудь, хочешь — пристрели, но только держать тебя с собакой я не стану.

— На то есть воля ваша, — заметил Никифор.

— Да на что тебе собака? — продолжал Барышников, поглядывая куда-то в потолок, — она стара, глуха, глупа, неряшлива и непригодна ни для какой охоты.

— Собака хорошая, это вы напрасно, — возразил Никифор.

Барышников хотел было его перебить, но Никифор упрямо продолжал:

— Собака — деликатная, приятная, послушная, чистых кровей; такую собаку любой, кому не надо, возьмет, и пристреливать ее не к чему!

Никифор сердито повернулся, вышел из кабинета, прошел в свой угол под лестницу и злобно плюнул.

— Тьфу, — проговорил он, — скотницы яйца жрут, а собака отвечай. Господа, нечего сказать!

На его лице отразилось брезгливое чувство ко всем вообще

господам. Он покачал головой и, присев тут же, под лестницей к своему сундучку, стал перебирать разный хлам: старое платье, сапожную щетку, жестянку из-под монпансье, две перчатки с левой руки. Венерка лежала здесь же, у сундука, свернувшись в клубок, и при взгляде на ее поседевшие щеки Никифор внезапно, вспомнил, что ей уже двадцать лет.

"Стара делается, — подумал он с тоской, — глупеет; блудить стала". Он вздохнул. Ему стало до боли жалко кого-то. С рассеянным видом долго он сидел у своего сундучка, поглядывая на спящую Венерку и соображая, сколько же ему лет, если и его Венерке уже двадцать. По его соображениям, ему выходило под шестьдесят. Это его точно придавило. Внезапно ему пришло в голову, что барин не хочет его держать, вот именно за то, что он, Никифор, делается негодным и старым, а Венерка — это только пустая отговорка. Он снова вздохнул и снова с рассеянным видом стал рыться в своем сундучке. Он нашел там фотографию какого-то архиерея и силача из цирка, колесико от шпоры и две книги: роман "Липкая" и "Ха-ха-ха или тысяча анекдотов". Но все это его нисколько не утешило. С сердитым видом он захлопнул сундучок, прошел в кабинет и спросил у Барышникова отпуск на весь день.

— За Венерку, — сказал он, — в прошлом году псаломщиков сын 25 рублей давал, так нужно сходить к нему.

— Двадцать пять рублей? — спросил Барышников, — и он в своем уме, этот псаломщиков сын?

И Барышников расхохотался. Никифор сердито вышел из кабинета и снова прошел в свой угол. Он решился идти в село Трындино, за две версты от усадьбы, где он служил, к псаломщикову сыну, чтобы пристроить Венерку. Но, однако, он медлил и не собирался в путь, слоняясь по своему углу с рассеянным и смущенным взором. В глубине души он подозревал, что его Венерку никто не возьмет даже за приплату с его стороны, и это его угнетало. Кроме того, его угнетало сознание, что и сам он делается старым и негодным, и что только поэтому к нему начинают придираться. Когда он был молод, его держали и с собакой, да и платили дороже, а теперь он стал много дешевле. С тем же рассеянным и смущенным взором он вышел неизвестно для чего на крыльцо, и долго стоял на ветру, всматриваясь в осеннюю муть ненастного дня, не обещавшего ничего радостного. Тут он увидел скотницу Авдотью; она стояла у бочки, и, очевидно, только что вымыв свои крупные и сильные руки, вытирала их фартуком. Ее

56

здоровый и цветущий вид обозлил Никифора и он сердито крикнул:

— Сколько сегодня яиц съела?

Авдотья даже не удостоила его ответом, и брезгливо повернувшись к нему задом, продолжала вытирать свои руки.

Это еще более обозлило Никифора.

— А ты мне свою астролябию-то не выказывай, — крикнул он ей, — я ведь тебе не кто-нибудь!

И, подняв осколок кирпича от размытого дождями фундамента, он швырнул им в нее, умышленно сделав так, чтоб осколок ударил в бочку.

— Моли Бога, не попал! — крикнул он, и сердито хлопнув дверью, вошел в дом.

Здесь он оделся в беличий, весь потертый полушубчик с барского плеча, взял ружье и позвал за собой разоспавшуюся Венерку. Через минуту они оба выходили из ворот усадьбы. Идти им обоим, очевидно, не хотелось, и, увидев кучера, поившего у колодца лошадей, Никифор подошел к нему. С сожалением на всем лице, он стал рассказывать ему, что вот он получил письмо от псаломщикова сына из села Трындина. Тот желает купить у него Венерку и предлагает ему за нее 25 рублей. А так как Никифор желает справить себе новый полушубок, то он и решился идти в Трындино и продать собаку. Венерка сидела тут же и слушала их разговор, равнодушно повесив уши, а Никифор спрашивал кучера:

— Как ты думаешь, продавать мне ее, или нет?

Кучер посоветовал продать, но только запросить 40 рублей, потому что, если псаломщиков сын настолько глуп, что дает за собаку 25 рублей, то он смело может заплатить и 40.

Эта беседа несколько развлекла Никифора, и он двинулся в путь уже повеселевший. Однако, когда он остался с глазу на глаз с мутным небом и мокрыми полями, ему снова стало жутко и страшно.

Солнце близилось уже к закату, когда Никифор и Венерка возвращались обратно из села Трындина в усадьбу, оба продрогшие, усталые и унылые. Венерка плелась позади своего хозяина, потупив голову и сконфужено повесив уши. В Трындине ее никто не взял: ни псаломщиков сын, ни учитель, ни волостной писарь. Все даже смеялись над предложениями Никифора, и по этим насмешкам он понял, что Венерка стала никуда негодной рухлядью. Выйдя из сельской околицы, Никифор твердо решился пристрелить ее. Не уходить же ему в самом деле с места из-за собаки? Кто его возьмет, старого? Однако, он не приводил в исполнение своего намерения и уныло плелся вязкой дорогой, припоминая свою жизнь. Припоминалась она ему какими-то отрывистыми клочками, не имевшими ни связи, ни смысла, вся изжитая как-то не по-людски, без своего угла, без семьи, без привязанности. Нынче здесь, завтра там. И с женщинами он сходился не по-людски: сегодня одна, завтра другая. Да лакею где же обзаводиться семьею? У него был даже сын — один, он знает это наверно, но где, в каком городе — запамятовал: не то в Борисоглебске, не то в Кузнецке. Он и имени его не помнит хорошенько. И теперь у него никого нет; никого, кроме Венерки. А между тем, всю жизнь его томила тоска по семье, и когда он бывал пьян, он любил петь жалостные романсы, где пелось о том, как она, вероломная женщина, надругалась над ним, несчастным и влюбленным юношей. В жизни, в романах Никифора, страдательным лицом всегда являлась женщина, и вот, теперь, это разногласие действительности и песни, еще более угнетало его.

Уйдя с полверсты от Трындина, Никифор присел в опушке леса, на пеньке. Здесь он решился пристрелить Венерку, а барину он скажет, что продал ее проезжему офицеру за 25 рублей. Но он снова задумался. Насквозь промокшая березка торчала рядом с ним, как грязный веник. Серые клочья туч цеплялись за оголенный вершины леса и медленно ползли, как ленивые каракатицы, а дальше лежали мокрые поля, пронизанные затхлым запахом осени. Венерка сидела против Никифора, дрожала кожей спины, клевала носом и старчески сопела. И обе эти фигуры на мутном фоне осенних сумерек, вырисовывались такими жалкими, одинокими и бесприютными. Никифор все думал и думал, сутуло и неподвижно сидя на своем пеньке, и ему приходило в голову, что и он кончит свои дни также как и Венерка. Ведь это людям только кажется, что они умирают своей смертью, а на самом деле их пристреливает неизвестный хозяин, когда они делаются старыми и негодными для жизни.

Никифор поднялся с пенька. Венерка же также сидела и дремала, закатывая глаза куда-то под лоб. Тихохонько и осторожно, чтоб не разбудить спящей, Никифор сделал два шага и с побледневшим лицом, стал целить. Венерка даже не пошевелилась и по-прежнему клевала носом и равнодушно сопела, раздувая поседевшие щеки. Вероятно, она не верила, что он будет стрелять в нее, и она не ошиблась: выстрела не последовало. Ружье ходуном ходило в руках Никифора, а его глаза заволакивало туманом и старческой слезою. Он снова поднял ружье и снова опустил его.

Неизвестно, каким образом была бы решена участь Венерки, если бы к Никифору в это время не подошел охотник, трындинский парень, Мишутка, в дырявом кафтане, дырявой шапке и с красным носом. За его пазухой торчала краюха хлеба, а за спиной одностволка, с такой кривою ложей, что нужно было всякий раз широко разевать рот, чтобы прицелиться,

Никифор точно обрадовался ему, и путаясь и запинаясь на словах, он стал просить парня пристрелить Венерку: на днях ее укусила бешеная собака, и она может взбеситься; он бы и сам пристрелил ее, да у него подмок пистон.

— Собака хорошая, а ничего не поделаешь, — сконфуженно повторял Никифор, и обещал за это Мишутке гривенник.

Мишутка принял предложение с восторгом; он любил стрелять, и если ему обеспечивали вознаграждение за выстрел, он с одинаковым удовольствием стрелял и в шапку и в волка.

Тотчас же он привязал Венерку на свой кушак и поволок ее за собой по вязкой лощине,

Венерка билась всем телом, хрипела, упиралась, крутила шеей и просила у Никифора помощи мутными старческими глазами, полными ужаса. Она не сомневалась, что смерть ее неизбежна, так как за это был обещан гривенник. А Никифор смотрел на эту сцену мутными глазами, очень похожими на глаза Венерки. Он видел, как Мишутка оттащил ее саженей на двадцать и привязал к дереву. Затем он отошел шага на два и, в то время, как Венерка прыгала и металась с диким воплем и молодой резвостью, он приставил к плечу кривую ложу ружья и широко раскрыл рот. Раздался выстрел, Венерка взвизгнула, ткнулась окровавленной мордой в вязкую землю, и лес закачался в глазах Никифора.

Когда Никифор доставал из потертого кошелька гривенник, чтобы расплатиться с Мишуткой, руки его так дрожали, что он выронил монету и никак не мог поднять ее с земли; и Мишутка внезапно заметил, что Никифор ужасно стар и слаб, и даже плохо стоит на ногах. Затем, к удивленно парня, Никифор пошел не в усадьбу, а, вместе с ним, в Трындино, и по дороге он тыкался на пеньки, как слепой. По дороге же, в неясных и туманных выражениях, Никифор говорил ему, что всех их, в свою очередь, пристрелит неизвестный хозяин, и разве он виноват, что Венеркин черед наступил раньше? Мишутка не понимал из его речей ни слова, и отвечал ему, что всякая тварь себе на уме: на что уж кажется глуп тетерев, а вот, поди-ка, возьми его.

Так они проговорили всю дорогу, и мутное осеннее небо капало на них старческой, жиденькой слезою.

Через час Никифор сидел в трактире "Зеленая Горка" и целовался с мужиком, из бороды которого торчала рыбья кость. Он был совершенно пьян, горько плакал и пел старческой фальшивой фистулой:

> Зачем ты, безумная, губишь
> Того, кто увлекся тобой?..

АСТРА

У Зимницких собралось самое разнообразное общество. Поместительный дом их подмосковного имения сверкал огнями. В гостиной весело перезванивали женские голоса. Хозяйка дома, миловидная блондинка, уже начинающая полнеть, сидела у крошечного с фарфоровой доской столика, вела оживленный разговор с долговязым драгуном и глядела на розовый воротник его сюртука. А по другую сторону столика, устало привалившись к спинке кресла, сидел известный художник Панкратов и уныло глядел себе под ноги. Весь его изнервничавшийся вид, казалось озабочивал хозяйку; порою она окидывала всю его фигуру соболезнующим взором и даже сдержанно вздыхала. Но Панкратов как бы не замечал ее взглядов и сидел, не переменяя позы, углубленный в свои думы. Когда же к роялю подошла сухощавая брюнетка, чтобы спеть какую-то бойкую цыганскую вещицу, Панкратов недовольно поднялся с кресла и тихо вышел из гостиной. Отыскав на балконе трость и шляпу, он спустился в сад. Сутулясь, он двинулся по песку аллеи.

Теплое веянье сада дохнуло на него. Было тихо; лунный свет разливался по всему саду, как прозрачная пыль. Стволы деревьев неподвижно темнели в этой серебристой пыли, и их черные тени изрезывали желтый песок аллеи, как фантастическая надписи фантастических народов. Панкратов подошел к скамье, намереваясь сесть. И в эту минуту он услышал за спиной скрип легких шагов; он оглянулся. К нему с озабоченным выражением лица шла Зимницкая. Художник равнодушно оглядел ее; она, опахнув его духами, опустилась рядом.

— Что с вами? — спросила она его с участием.

Панкратов молчаливо пожал плечами. Зимницкая продолжала:

— Вот уже второй год, как вы сам не свой. Вы удивительно изменились. Это замечают все.

— Вы даже не пишете ничего, — добавила она со вздохом, — на этой выставке не было ни одной вашей картины.

Она замолчала, поджидая его ответа, но он сидел, устало хмурясь, и молчал. В саду по-прежнему было тихо; серебристая пыль беззвучно колебалась над сонными вершинами. Порою из открытого окна дома вырывалась задорная трель певицы и билась в кустах сада, как стая спугнутых птиц. Зимницкая вздохнула и продолжала.

— О чем вам скучать? Вы еще молоды, талантливы, много зарабатываете. Вам бы смеяться и петь, а вы ходите, как приговоренный к смерти. О, какой вы нехороший!

— Уж не влюблены ли вы? — добавила она через минуту, — может быть безнадежно? Да?

Внезапно Панкратов оживился. Его глаза сверкнули, Он взял Зимницкую за руку.

— Ведь вы мой милый товарищ, да? — заговорил он возбужденно, — и хотите ли я вам скажу все? Мне так тяжело, и это меня облегчит.

От возбуждения он покраснел всем лицом и, погладив ее руку, он продолжал:

— В некотором роде вы правы. Я влюблен, но во всяком случае не безнадежно. И все-таки меня мучает совсем не то. Мне, видите ли, нужно знать, кто она, где живет, и живет ли еще, и любит ли она меня теперь. И представьте, что я не могу этого узнать ни за какие блага. Я знал ее под именем Астры. И только. Для меня она была существом, ничего общего с землей не имеющим. Веянье ее души я слышал и понимал, и изображал на своих картинах, но относительно ее земной обстановки я не знаю ни намека. А, между тем, мне это необходимо знать теперь, чтоб навести справку; видите ли, у меня есть основания подозревать, что с ней случилось что-то недоброе. Но кто же может дать мне о ней хотя какое-нибудь сведение? Вот это-то и мучит меня.

Панкратов минуту помолчал, обхватив колено рукою, и затем продолжал:

— Хотите я расскажу вам о встрече с ней? Я познакомился с ней на волжском пароходе пять лет тому назад. То есть, как познакомился, — подошел и заговорил. В первый раз я увидел ее вечером. Она сидела на палубе и задумчиво глядела за борт на сверкающую поверхность Волги. Это была тонкая брюнетка с зеленовато-серыми глазами; впрочем, вечером ее глаза казались черными. Она вся была в черном, и фиолетовая астра красиво выделялась на ее матовых волосах. Я подошел к ней и заговорил. Необъятная грусть ее темных глаз влекла меня к ней, как магнит влечет за собой железо, и я, если бы даже и захотел, едва ли смог противостоять этой стихийной силе. Да кроме того, во мне громко заговорил художник, уже увидавший в красках эту удивительную мелодию святой скорби. Помните ли вы мой этюд "Ангел Скорби", в черной блестящей ризе, с крыльями цвета фиолетовой астры, с святыми глазами, полными безнадежной скорби? Это — она. Эта картина зародилась у меня тогда же, в вечер первого знакомства на пароходе. Помните ли вы другой мой этюд "Верю, Господи, помоги моему неверию"? Фигура этой исступленной женщины, упавшей на колени перед распятьем в разорванном платье — это она! А помните, что писали об этой картине? Глаза этой женщины находили полными и мрака отчаяния и святости желаний. О! Да, во всех картинах, которые я написал за эти пять лет присутствует она, эта женщина, присутствует веяние ее великой души, полной бесконечной и святой скорби! Как же я мог не полюбить ее! Она создала мою славу, она выдвинула меня из ряда посредственностей. В ней черпал я мои вдохновенья и мои силы, в ее глазах находил сюжеты, у ее колен обдумывал замыслы. Критика писала: — Во всех картинах Панкратова, даже в его пейзажах разлито веянье такой необычайной и святой скорби, такой бесконечно нежной души...

Панкратов в волнении замолк.

— О, — внезапно воскликнул он, — критика не знала, что я жалкий мазилка, а велика она, эта женщина, велика святая скорбь ее глаз, одухотворившая мои картины!

— Где же я найду теперь ее, — снова вскрикнул он в бесконечном унынии, — как могу найти ее? Кто мне поможет в этом?

— О, как это мучительно! — добавил он со стоном.

И он замолк, бледный и потрясенный. Зимницкая слушала его, не шевелясь; ее лицо казалось бледным от лунного света. Месяц поднимался выше и заливал теперь лица собеседников. Даже желтый песок аллей от его света казался зеленым. Контуры теней вырисовывались резче.

Панкратов продолжал:

— Через неделю после первой встречи мы любили друг друга. Я звал ее Астрой, так как она не открыла мне своего имени. Смеясь, она говорила:

"Что имя — звук пустой!" Больше того, она взяла с меня слово, что я никогда не буду даже пытаться узнать о ее имени, о подробностях ее земного существования. "Зачем?" — говорила она, и я соглашался с ней. По ее словам мы могли принадлежать друг другу только один месяц в году. Одиннадцать месяцев мы должны были жить в разлуке, не смея даже переписываться. К этому, как говорила она, ее побуждали обстоятельства — "их же не прейдеши!" И я верил ей безусловно. Может быть у нее был муж, разбивать иллюзию которого у нее не хватало решимости; может быть у нее были любимые дети, — почем я знаю! Она сказала "нельзя", и я этому подчинялся.

Но один месяц в году был наш, и мы им пользовались. Мы зарабатывали его одиннадцати месячными мученьями!

Мы выбрали для наших встреч один глухой приволжский городишко, которой скрашивала только Волга.

В окрестностях этого города на берегу Волги есть холм, а там среди ив зеленеет лужайка. Тут у милых колен я обдумывал все мои картины. Как-то я спросил ее, любит ли она меня, и верна ли мне? Она с грустной улыбкой отвечала: — "Месяц — наш!" Я понял ее, и ее ответ не причинил мне досады. Тот месяц, который был нашим, я был уверен в искренности ее любви — иначе для чего бы она приезжала?

А многие ли из людей могут похвастаться такой уверенностью? И я был доволен судьбой. Этот месяц, подготовленный одиннадцатимесячными мечтами и разлукою, был нам бесконечно дорог и весь он уходил на любовь, на обдумыванье моих будущих картин, вдохновленных святою скорбью ее глаз. И я делился с нею этими замыслами на зеленой лужайке, среди ив, под тяжелый шелест волжской волны. А те одиннадцать месяцев я проводил в работе и в мечтах о новом свидании. Конечно, я сказал ей мое имя, так как мои картины все равно выдали бы меня головою.

Панкратов вздохнул.

— Во всю мою жизнь, — продолжал он, — я не встречал женщины с более чуткой и нежной душою. Милая, кроткая, изящная, искренняя, чуждая даже намеков на притворство, бессребреница, чистая во всех помышлениях, — она казалась мне каким-то выродком среди женщин!

— Так продолжалось три года, — снова заговорил Панкратов после минутной паузы. — О, какое это было полное счастье! Может быть, оно казалось мне еще полнее от того, что я не знал всех подробностей ее жизни, тех мелких подробностей, которые окружают каждого и способны разбить в прах какие угодно иллюзии. Она же казалась мне непорочным ангелом святой скорби, слетевшим в наш грешный мир, и я зарисовывал этого ангела как умел и как мог.

Панкратов замолчал снова, как бы задумавшись или прислушиваясь к неведомому голосу.

— Однако, — наконец, продолжал он, — в прошлом году она не приехала, и я целый месяц прослонялся в проклятом городишке один-одинешенек, в смертельной тоске. Конечно, с первых же дней я не выдержал и, решившись изменить данному слову, я отправился в ту гостиницу, где она останавливалась обыкновенно. Я намеревался узнать о ее имени. Но, увы! Никаких сведений я там не достал, так как та гостиница сгорела до основания, как только умеют гореть в провинции, а содержавшая ее вдова часовых дел мастера выехала неизвестно куда. В новой же гостинице, возникшей на месте сгоревшей, ответить на мои вопросы не могли. В этом году я снова ездил туда, и снова ее там не было!

Панкратов замолчал. Зимницкая соболезнующе глядела на его сутулившуюся фигуру. В саду стояла та же тишина. Порою из раскрытых окон дома внезапно вырывались полосы света, очевидно, ранее загораживаемого чьими-то фигурами, мгновенье — они мерцали у ног собеседников сверкающим клубком и снова затем гасли, как лопнувшая ракета. И тогда в саду по-прежнему оставалась лишь серебристая пыль лунного света. Черные надписи на зеленом песке аллей вырисовывались выпуклее.

Панкратов молчал.

— И у вас ничего не сохранилось на память об этой женщине? — внезапно спросила его Зимницкая.

Вместо ответа Панкратов вынул из кармана жилета часы. На их короткой цепочке покачивался крупный эмалевый брелок, изображавший астру,

— Маленькая карточка в этом медальоне, — устало проговорил он, — и только!

Зимницкая приняла из его рук медальон. Она раскрыла его и долго со вниманием разглядывала замкнутое в нем изображение. И вдруг она вскрикнула и с жестом, полным брезгливости, кинула медальон в колени художника. Затем она быстро приподнялась со скамьи и пошла от него, как от прокаженного. Панкратов, бледный и ошеломленный, спрятав часы, направился вслед за ее быстро мелькавшей фигурой, от которой все еще веяло выражением брезгливости. Безмолвно он как будто просил ее остановиться, но она уходила, мелькая в свете месяца.

Ступени балкона заскрипели под ее поспешными шагами. И вдруг она остановилась и повернула к художнику свое искаженное брезгливой гримасой лицо, все залитое той прозрачной зеленовато-серебряной жидкостью, которую проливал месяц. Панкратов глядел на нее, затаив дыхание.

— Знаете ли вы кто ваше божество, ваш непорочный ангел святой скорби? — заговорила она злобным и вульгарным голосом, вся перегнувшись к художнику в гневной и презрительной позе.

— Ффи! — вскрикнула она, — это известная московская

65

кокотка. В апреле прошлого года я видела ее в Монако. Она бешено играла в рулетку, спустила все свое состояние, заработанное ее подлым ремеслом, и отравилась серной кислотой... от жадности!

И она исчезла в ярко освещенных дверях балкона. А Панкратов пошел вон из сада, как старик, припадая на трость.

ГОРЬКАЯ ПРАВДА

Когда Надежда Павловна подъезжает к своей усадьбе, кругом воцаряется египетская тьма, и вся равнина, на которой брошена усадьба, превращается в чернильную кляксу.

Двое суток тому назад Надежде Павловне пришла в голову идея заглянуть в свое имение и кстати обревизовать управляющего, приглашенного ею заглазно два года тому назад. Ревизию свою ей хотелось произвести внезапно, и потому телеграммы о своем прибытии она не давала, намереваясь прожить сутки или двое не в своем деревенском доме, как это она делала обыкновенно, а во флигеле управляющего.

И вот она едет на ревизию.

Между тем, пока ямские кони везут ее среди чернильной кляксы к освещенным окнам флигеля, Надежду Павловну вновь осеняет идея: назваться вымышленным именем и рассказать целую историю, будто она едет туда-то, боится волков и просит о ночлеге. Таким образом она превесело проведет целый вечер, а утром откроет свое инкогнито. Эта мысль наполняет ее таким весельем, что она готова хлопать в ладоши.

Через час, вся свежая и благоухающая, она уже сидит за чайным столом и пьет чай вместе со своим управляющим-агрономом Адарченко. В комнате светло и уютно. На всех предметах лежит печать профессии юного агронома. В углах торчит засушенное просо в сажень ростом, у письменного стола портрет красивой тирольки-коровы с великолепными формами, под столом тыква, похожая на Монблан. И все это очень нравится Надежде Павловне. Они сидят и пьют чай. Она в каком-то соблазнительно-шелестящем наряде, он в грубых высоких сапогах и грубого сукна куртке, из-за которой пестреет расшитый ворот малороссийской рубахи, завязанный красной лентой. Ее лицо все движется и играет, как шампанское, жизнью, весельем, смехом, а он угрюм. Очевидно, присутствие женщины его стесняет, — и его лицо, юное и симпатичное, принимает выражение тупого, чисто хохлацкого упрямства. Она сыпет на него вопросами, атакует его и так, и сяк, и эдак, а он хмурит бровь, сутулится и отвечает ей фразами сухими и отрывистыми, как пистолетный выстрел.

— Вот, например, ваша хозяйка, — болтает Надежда Павловна, играя глазами, — я слышала, она очень милая, умная и веселая женщина. Почему же вы не заехали в Москву познакомиться с ней, когда ехали мимо. Вы дикарь, вы ужасный дикарь! Ну разве же можно быть таким необщительным?

— Почему вы знаете, что Надежда Павловна умная и милая женщина? — угрюмо спрашивает ее, в свою очередь, Адарченко.

— Я слышала, мне говорили.

— Вам соврали; она хлупая, — говорит Адарченко, произнося букву "г" по-хохлацки с сильным придыханием, почти как х.

По лицу Надежды Павловны скользит легкая тень смущения. Однако, она сейчас же оправляется.

— Почему вы думаете, что она глупая?

Адарченко угрюмо сутулится.

— Я не думаю, а знаю это наверное по ее письмам, — отвечает он, — она хлупая и безхрамотная. Она пишет мне: "Сколько десятин вы думаете засеять на будущий ход пшеном?" Во-первых, пшено написано через "е", а засеять через "с"; а, во-вторых, каждый дурень знает, что сеют не пшено, а просо.

По лицу Надежды Павловны снова скользит тень смущения.

— Ну, это такие пустяки... — говорит она, шелестя платьем.

— И при этом она очень скупа, — угрюмо продолжает Адарченко, — жестокосерда и на рабочих смотрит, как на скотов. Пишет мне: "Не дорохо ли вы платите за работы?" Дорохо платите! Это за лошадиный труд-то! А на что ей деньхи? На хлупыя тряпки? По Москве хфорсить?

— Ну уж вы... — смущенно шепчет Надежда Павловна, но Адарченко ее перебивает.

— Хфакт, — говорит он, произнося букву "ф" с сильным придыханием, — хорькая правда!

Он пожимает плечами, сутулится, и все его юное лицо дышит искренним презрением. Надежда Павловна слегка ежится под его взглядом.

— А многие умные люди, — пробует она защищаться, — всегда говорили ей, что у нее нежное сердце, тонкий ум...

— Мужчины ховорили? — перебивает ее Адарченко.

— Мужчины.

— В хлаза?

— И... и... в глаза.

— Какой же дурень скажет женщине в хлаза, что она хлупа, как охлобля? — вопросом отвечает ей Адарченко. — А вы бы послушали, что эти же самые мужчины ховорят о ней за хлаза?

Вы не слышали, а я слышал. Доронин, Сапожников, Сихизмундский, все соседи, близко ее знающие, вы послушали бы, как они о ней отзываются за хлаза?

— Как?

— Так же, как вот и я. Хлупая, нахлая, подлая.

Надежда Павловна едва не подскакивает с кресла. Ей хочется крикнуть: "как вы смеете, наглый вы человек!" Но она спрашивает:

— Это за что же?..

Она опускает загоревшиеся глаза, разглядывает кольца на своих тонких пальцах и гневно теребит кружева. По ее движениям, резким и порывистым, видно, что она раздражена до последней степени, что ей хочется бить посуду, но она сдерживается. Адарченко сутулится еще больше.

— А вы не слышали ее истории с мужем? — спрашивает он ее.

При этом вопросе глаза Надежды Павловны тухнут, лицо слегка бледнеет, а на ее лбу, под глазами и в углах губ, появляются тени.

— Н-нет... то есть да... то есть не совсем... — шепчет она.

— У нее был муж, — с расстановкой говорит Адарченко, — умный, честный, дельный; человек, вот именно, каких мало. Она от него сбежала с каким-то хнусным хфертом. Хфлиртовать захотела; сына с собой взяла, а мужу дочку оставила. А потом пишет мужу: "давай меняться, мне девочки больше нравятся". — Это нехлупо? — спрашивает Адарченко Надежду Павловну.

Та молчит и сидит, опустив глаза. Адарченко переставляет ноги и продолжает:

— А девочка захворала корью и умерла: корь застудили, не дохлядели. А кому было за ней смотреть? Отцу некогда, — отец с утра до ночи по полю мычится, деньги добывает, жене на хфлирт. А хорничная мне ховорила, девочка перед смертью все мать звала: "мама, мама, мама!" — Это не подло? — спрашивает Адарченко Надежду Павловну.

Та молчит, тени на ее лице растут. Ресницы и уголки ее розовых губ начинают вздрагивать.

— Если бы она знала об этом, то поверьте... — наконец, шепчет она.

— Что знала? — упрямо перебивает ее Адарченко, — что больные дети мать к себе зовут? Если она не знала об этом, значит, она холая дура!

Он встает и взволнованно ходит из угла в угол по комнате. Порою он подходит к окну и глядит на чернильную кляксу, чернеющую за окнами, а его лицо сразу выражает собою и бесконечную жалость к погибшей девочке и бесконечное презрение к ее матери.

— Да, — говорит он, слоняясь от угла до угла, — если бы не нужда, я бы не стал и работать для такой хнусной женщины. На что ей деньги? Да, нужда, ничего не поделаешь. Брату двадцать рублей в месяц высылать надо. А где их взять?

Между тем Надежда Павловна сидит в своем кресле с потемневшими глазами и думает: "почему ей никогда в жизни не говорил ничего подобного ни один мужчина? Зачем ей льстили всегда и все? Зачем ей лгали? Зачем ей внушали в семье, в школе, в обществе, что покорять мужские сердца и блистать — самое почетное занятие для женщины? За что ее заставляют теперь выслушивать такие тяжкие оскорбления?"

Ей делается жалко самое себя до слез. Адарченко слышишь рыдания и оборачивается, Надежда Павловна сидит в кресле, поставив локти на стол и глубоко втиснув тонкие и бледные пальцы в крутые завитки черных волос. Ее голова трясется, она рыдает.

"Вот еще штука-то!" — думает Адарченко; он подходит к ней, трогает ее за плечо и говорит:

— Вы о чем? Что с вами? Да будет же вам! Вам жалко девочки? Да? Вот видите, вам жалко, мне тоже жалко, до слез жалко, а мать в три хода ни разу не заглянула на ее мохилку! А вы еще за нее заступаетесь! Да будет же вам! — трогает он ее за плечо.

Однако, Надежда Павловна продолжает рыдать, и Адарченко с тоской думает: "чем бы ее утешить?"

При этом он вспоминает, что когда женщины плачут, им дают воды. Он подходит к самовару, берет стакан и цедит в него дымящейся воды.

— Нате вот, выпейте, — сконфуженно говорит он, поднося стакан к губам женщины.

Та делает глоток и тотчас же отстраняет стакан рукою. На ее губах скорбная улыбка, в глазах слезы.

— Вы мне весь рот обожгли, — говорит она, — вода горяча!

Она снова начинает плакать. Тем временем Адарченко бережно несет стакан к окну и ставить его на подоконник.

— Я вот сейчас остужу, вы подождите, не плачьте, — говорит он и думает:

"Вот чудная женщина! Святая женщина! Какое нежное сердце! Однако, я разжалобил ее на свою шею!"

Он снова сконфуженно подходит к ней и начинает ее утешать.

70

— Послушайте, перестаньте! — теребит он ее за плечо. — Ведь девочка, может быть, умерла и не оттохо, что у нее мать убежала. Дети вообще часто мрут. Это уже их хфортуна такая. В деревнях вон 50 процентов умирает. Хфакт. И мать ее, наверное, прекрасная женщина. Ведь мужчинам верить нельзя. Они за хлаза о всех женщинах скверно ховорят. В хлаза лебезят, а за хлаза ругают...

Он долго говорит все в том же роде с каплями пота на лбу и слезами в глазах. Ему от души жаль эту чуткую к чужому горю женщину.

Мало-помалу лицо Надежды Павловны начинает светлеть, и через четверть часа оно все играет, как шампанское.

Только в концу вечера она на минуту задумывается. Как она раскроет, однако, завтра утром свое инкогнито?

БРИТВА

I

Хмурый осенний день неприветливо глядел на землю. Было еще не поздно, но мутные волны сумерек уже затопляли мало-помалу всю окрестность, выцветшую и полинявшую от ненастья. В воздухе пахло сыростью; дул ветер; обнаженные вершины сада гудели по-зимнему, а вся усадьба купца Лопатина, брошенная среди плоского поля, имела вид донельзя жалкий и затерянный. Так, по крайней мере, казалось Степе Лопатину, уныло расхаживавшему по пустырю за садом. По его бледному лицу, едва опушенному бородкой, бродило выражение безысходной тоски. "Зачем я пойду туда? — думал он, поглядывая на усадьбу, — чего я там не видал? Батюшка пилит старосту, староста — рабочих, рабочие дубасят скотину. Вот и вся музыка. И другой не услышишь во веки веков!"

"А когда меня женят, — внезапно пришло ему в голову, — и у меня та же история пойдет, потому что другой истории, должно быть, и на свете не бывает!" — "Пакость! Гадость!" — едва не вскрикнул он с тоской на всем лице. Он хрустнул пальцами и снова уныло заходил по пустырю. В то же время ему вспомнилось, что ровно через неделю, в день Казанской Божьей Матери, к ним приедут родные его невесты и сама невеста Машенька Блинцева. А накануне Казанской ему нужно будет ехать в город, за тридцать верст, чтоб купить невесте подарок. Так ему приказали родители, и, следовательно, так нужно. Ему вспомнилось хорошенькое личико Машеньки Блинцевой, но он с тоской подумал: "Хохочет, все-то она хохочет, а над чем — неизвестно!" Он в недоумении развел руками, повернул налево и уселся в самом конце сада на покосившейся скамье. Отсюда весь пустырь был у него перед глазами. Он лежал среди мутных осенних сумерек плоским грязнобурым пятном. Только одинокая березка, тонкая и прямая, как свечка, вздымалась посредине этого пустыря; а у ее белоснежного ствола чернела своей тонкой резьбой чугунная решетка могилы с таким же невысоким крестом. Эта могила сразу же приковала к себе все внимание Степы, и он уставил на нее тоскующий взгляд. Он всегда глядит на нее так; вот уже месяц, как он не может смотреть на нее иначе. Странные мысли приходят ему в голову в эти минуты.

Степа шевельнулся на скамье и задумался. От кого-то,

когда-то, где-то, — Степа сам не знает теперь достоверно, — но он слышал, что здесь, в этой могиле, схоронена дочь прежнего владельца Лопатинского поместья, молодая девушка, покончившая свои дни самоубийством. От кого он мог слышать эту историю, — Степа положительно терялся в догадках, и порою его мучило подозрение, уж не сочинил ли он эту легенду сам в один из тоскливых вечеров. Впрочем, Степа сейчас же гнал от себя это подозрение, и невольные вопросы зарождались в его голове: как оборвала эта девушка свою молодую жизнь — повесилась? утопилась? застрелилась?

Степа снова шевельнулся на скамье; его потянуло к этой одинокой могиле неведомой силой. Ему хотелось пойти туда, опуститься у холодной ограды на мокрую землю и плакать, плакать без конца. О чем, — он и сам не сумел бы высказать хорошенько: о бесплодной молодости, о серой жизни, о холодных, неприветливых сумерках бесконечной осени. Он уже поднялся было со скамьи и двинулся к этой могиле, но на полпути он образумился, — "Что же это я делаю, однако? — подумал он, — Ведь это на волосок от Бог знает чего!" Он остановился. Но куда же идти, куда же ему идти? В недоумении он повернулся лицом к усадьбе и повел тусклым взором. "Жених, хорош жених", — подумал он о себе, продолжая оглядывать усадьбу. Угол мокрого, застроенного амбарами двора метнулся ему в глаза. Там, у этих амбаров, рваные мужики с желтыми лицами и красными озябшими носами насыпали рожь в грязные телеги; работу свою они производили с привычными жестами, не спеша, не расходуя понапрасну сил, точно им предстояло заниматься этим делом целую вечность. И их работа походила на работу каких-то манекенов. Мохнатые лошаденки с отвислыми нижними губами терпеливо стояли в оглоблях и тоже походили не на живые существа, а лишь на карикатуру живых существ. Так, по крайней мере, казалось Степе Лопатину. И Степа решился идти туда. Целый месяц он совершенно устранял себя от всякого вмешательства в экономические дела, но теперь он надумал изменить самому себе. Степа прекрасно знал, что эти рваные мужики, теперь копошившиеся у амбаров, приехали в усадьбу чуть не с утра, чтоб получить рожь в виде задатка за те полевые работы, которые они обязались исполнить для Лопатинской экономии на будущее лето. Степа все это знал прекрасно, и его поджигало любопытство проведать для каких целей ключники оттянули отпуск ржи чуть не до вечера. И он быстро пошел к амбарам, с злобной улыбкой, внезапно задергавшей его губы.

Там он примостился на краю высокого амбарного крыльца

и стал глядеть и слушать. Прямо перед ним на длинном бревне, одним концом упиравшемся в крышу амбара, а другим в рыхлую землю, покачивались череза: кадь для насыпки хлеба и скала с гирями. И на боку этой кади Степа заметил небольшой гвоздик, слегка изогнутый в виде крючка. Этот гвоздь неприятно поразил Степу. Он стал глядеть и слушать внимательней. Ключники, отпускавшие рожь, точно разделили свой труд; один из них следил за весом хлеба и стоял у самой кади с лотком в руке; на крючке его поддевки, у пояса, висел кнут; в то же время другой ключник стоял у очередной телеги и, облокотясь на ее задок грудью и руками рассказывал мужикам о потопе:

— И вот, — говорил он тягуче, — когда род людской погряз в мерзостях и обманах, Господь распалился сердцем Своим, разверз хляби небесные и наслал на землю потоп...

И вдруг Степа заметил, что ключник, стоявший у кади с хлебом, незаметно снял с крючка поддевки свой кнут, ловким движением фокусника набросил его на торчавший на боку кади гвоздь и наступил затем на его ременный, волочившийся по земле, конец. Сделал все это он чрезвычайно ловко и тем сравнял вес хлеба с весом гирь.

— Готово. Аккурат в аптеке, — проговорил он, обращаясь к мужикам и незаметно снимая с кади кнут. Мужики, привычными движеньями уцепив кадь, опрокинули ее содержимое в телегу.

Другой ключник в то же время говорил все так же тягуче:

— Обложили облака синь-небеса Господние, и хлестнул, братцы мои, дождь — нет того пущий...

Рассказчик внезапно умолк и отшатнулся от телеги пораженный. Степа с перекосившимся лицом быстро подошел к ключнику, стоявшему у кади, бешено схватил его рукой за шиворот и рванул его прочь от кади. Ключник ударился плечами о стену амбара.

— Мерзавцы, — вскрикнул Степа, задыхаясь, — Обвешивать, мерзавцы! Перевешивайте сызнова, мерзавцы!

Степа задыхался; дикое желание бить и колотить ключников бросало его в дрожь. Между тем, вокруг него поднялся целый содом. Все загалдели, засуетились, зажестикулировали. Из усадьбы прибежали люди: староста, рабочие, кучер. Весь красный от гнева и опираясь на толстую палку, пришел отец Степы; запыхавшаяся от непривычной ходьбы, приплелась с испуганным лицом и мать. Даже горничная с крыльца дома наблюдала за происходившим у амбаров столпотворением. И по этим признакам Степа понял, что по Лопатинской усадьбе вновь прошумела весть: "Степочка опять набедокурил. Коленце Степочка вывернул!" Степа понял это, и от всей усадьбы, от всех ее мокрых и несуразных построек, от почвы и воздуха, на него пахнуло такой безысходной тоской, таким унынием, что он точно весь съежился и обессилел под этим наплывом. Среди стоявшего у амбаров столпотворения он понял только, что действительно он сотворил какую-то глупость, какое-то преступление. Он чувствовал, что все возмущены его поступком, все без изъятия, даже мужики, ради интересов которых он заварил всю эту кутерьму. Весь осунувшийся и ослабевший, он двинулся прочь от этих галдевших амбаров, и за своей спиной он услышал сердитое ворчанье отца:

— Куда не сунется, всю историю испортит.

Когда Степа был на крыльце дома, у амбаров воцарилась невозмутимая тишь, и прерванная работа продолжалась.

"Вот всегда так, — тоскливо думал Степа, — куда ни сунусь, все дело им испорчу. У мужиков только времени сколько понапрасну отнял!"

Раздеваясь в прихожей, он думал:

"Нездешний я, так зачем же я в здешние дела суюсь-то! Пора бы и перестать".

Он быстро вошел в свою тусклую комнату, запер на ключ дверь и прилег на кровать.

II

Когда тихо надвигавшиеся сумерки сделали все предметы комнаты сказочными и фантастичными, Степа тихохонько встал с постели, тихохонько прошел к окошку, опустился на стул и стал глядеть туда, на чуть видневшуюся сквозь голые вершины сада могилу. Глядел он долго, напряженно, с жгучим любопытством в сердце, с жгучей тоской, с непонятным волнением. И вдруг ему показалось, что что-то зашевелилось там за оградой — белое, прозрачное, воздушное. "Порывается, — подумал он, — сюда порывается; это уж который раз. Только зачем ей уходить, если уж там так хорошо?" Он задумался. И вдруг он встал со стула и пересел на другой, дальше от окна.

— Что же это, братцы мои, я делаю, — прошептал он с жалкой улыбкой, — или я уж совсем отсюда бежать собрался?

Он вздрогнул. За стеной он услышал тихий говор. По звукам голосов Степа узнал, что это говорят отец и мать, и говорят вот именно о нем, — об этом он тоже сразу догадался, так как последний месяц, после того как он окончательно порвал с жизнью в усадьбе, отец и мать, оставшись наедине, только и говорили, что о нем. Апатично он стал слушать.

— У себя заперся? — сурово спросил отец.

— Заперся, — отвечала мать и вздохнула. Отец тоже недовольно крякнул.

— Послал Бог сынка, — процедил он сквозь зубы, — утешенье, нечего сказать,

Отец забарабанил пальцами по конторке.

— Недаром мне его учить не хотелось! — воскликнул он после минутной паузы. — До шестого класса гимназию прошел и то уж нам не помощник.

Он прошелся раза два по комнате, грузно ступая.

— Учи их после этого! — добавил он насмешливо.

Мать снова вздохнула.

— Ох, и не говори, — уныло промолвила она, — на могилу-то зачем он ходит? За садом-то что ему делать? Чего он там-то не видал?

Отец что-то хотел возражать, но она ему не дала,

— Испортили его; испортили, испортили! — возбужденно зашептала она. — И знаешь кто? — спросила она.

Отец вместо ответа процедил:

— Вот женим его, — переменится. Дурь-то из головы выйдет!

Мать, занятая, очевидно, своими думами, проговорила:

— Кабы не ее это дело, зачем ей было перед великомучеником Стефаном свечку кверху ногами ставить? — И она снова вздохнула.

Степа порывисто поднялся со стула, отпер дверь и вышел из комнаты. Отец и мать очень удивились, когда увидели его. Он был бледен, и его блуждающие глаза выражали тоску. Он сконфуженно переминался на пороге и теребил фуражку.

— Простите меня, батюшка и матушка, — наконец заговорил он, — Больше я вам перечить ни в чем не стану. Жените меня, но только поскорее. Я для вас с моим удовольствием. А если я нездешний, — на этом простите, и не обессудьте! Разве моя в том вина?

Он пожал плечами, повернулся и пошел вон из дому.

— Опять коленце! — воскликнул отец, — Господи, Боже наш! Ни единого, то есть, часа без коленца не проходит! О-о!

— Испортили его, испортили! — всплеснула руками мать и заплакала.

— И теперь я знаю, кто его испортил, — говорила она, плача, — старая просвирня! Старая просвирня!

Между тем Степа быстро накинул в прихожей пальто, нахлобучил картуз и почти выбежал вон из дому. Когда он очутился на дворе, его охватил безотчетный страх. Все постройки усадьбы, теперь уже повитые сумраком, казались ему какими-то исполинскими животными, мрачными и ужасными; они глядели на него с тупой враждебностью и не предвещали ничего доброго. По крайней мере так казалось Степе. Степа даже весь съежился и прижался к стене дома, боясь шевельнуться. С минуту он простоял так, чувствуя, что ужас ползет по его спине холодной змеею.

Вокруг было хмуро. Мутное небо моросило на него мелким, ленивым дождем, Весь двор точно шуршал, возился и веял на Степу чем-то чуждым, неприязненным, враждебным, тоскливым до бесконечности. С невидимой во мраке пригороди, куда загонялся крупный скот, слышалось тяжелое сопенье невидимых коров, и Степе казалось, что это сопят постройки усадьбы, враждебно на него взирающие. И он стоял, плотно прижавшись к стене дома. Между тем из людской избы кто-то крикнул:

— А что же: в кабак так в кабак! — и этот возглас словно разбудил Степу.

Он встрепенулся; внезапно он вспомнил, для чего он выбежал из дому, и куда он так стремился, и это воспоминание наполнило его всего ощущением жуткости и головокружительного счастья. Он вскинул голову; его лицо, бледное и унылое, точно все осветилось смелостью. И, оглядывая темневшие в полумраке постройки, он подумал:

"А ну вас! Жрите друг друга. Мне-то какое до вас дело. Я ведь нездешний".

Он чуть шевельнул губами и насмешливо прошептал:

— Нездешний, так нездешний. Все-таки нас двое, а вы все вразброд!

Быстро затем повернувшись, он прошел двором, отворил неприятно скрипнувшую калитку и скрылся в боковой аллее сада. Шел он быстро, не чувствуя в себе ни усталости, ни опасений: наоборот, все его движения были необычайно легки, точно его несло волною. На мгновенье, впрочем, на него напало сомнение. Он остановился, как бы колеблясь

"Что же это я делаю? — подумал он. — Ведь это похуже кабака выйдет!" Однако сомнение тотчас же рассеялось, и прежняя смелость осветила его лицо. У него точно выросли крылья.

— А что же, — шевельнул он губами, — в кабак, так в кабак!

Снова он двинулся в путь и опустился на скамью у опушки сада. Волнение, похожее на волнение влюбленного, поджидающего милую, пробежало по его телу. Он даже встряхивал порою плечами от нервной дрожи, охватывавшей его. Он глядел туда, на плоский пустырь, где у белого ствола березки чуть чернела тонкая решетка могильной ограды и думал о ней, о той девушке. Почему она ушла отсюда, из этого мира, — он знал прекрасно. Она была нездешнею, вот так же, как и он, а нездешним так же легко дышится здесь, как рыбе, выброшенной на берег. Мудрено ли, что она поторопилась убежать домой? Но какими средствами воспользовалась она для своего побега, — оставалось тайной. Утопилась ли она в мутных волнах узкой речонки или затянула свою белую шейку обрывком веревки, — это была тайна, неразгаданная тайна. Между тем, это-то и мучило Степу. Ему нужно было разгадать загадку во что бы то ни стало. И он сидел и думал, думал с непоколебимым упорством. Его губы слабо подергивались, и разнородный ощущения пробегали по его лицу, как вспышки молнии.

— Родимушка, — шептал он порою, с тоской простирая руки, — родимушка! Жалел ли кто тебя, нездешнюю, уронил ли кто над тобой слезку! — И он умолкал вновь, обхватив колени руками, с бледным и потрясенным лицом.

В саду было темно; белесоватый туман, как вода, затоплял аллеи сада, и они походили теперь на сказочные реки, бесшумно несущие свою воздушную серебристую жидкость к неизвестным морям, Силуэты кустов вздымались кое-где над поверхностью этих серебряных рек и темнели, как фантастичные острова. А над этими унылыми реками и островами низко висело такое же белесоватое, унылое небо без единой звезды, без луны, без капризного облака. Ни одного звука не было слышно здесь, среди этого мутного мрака. Только беспрерывно гудел монотонный шорох лениво падавшего дождя, да такой же однообразно унылый шелест гниющих на земле листьев. И больше ничего.

Степа по-прежнему сидел на скамье. Смутное воспоминание вспыхивало порой в его памяти, воспоминание о мучившей его тайне. Но он тщетно пытался уловить мгновенный свет; воспоминание это вспыхивало и тотчас же гасло, как спичка на ветру.

И вдруг Степа приподнялся со скамьи. Он ясно увидел, как серебристый туман, стоявший там за оградой могилы, зашевелился, вытянулся в человеческий рост, и словно две руки простерлись по направлению к Степе. Едва дыша, он сделал два шага туда. Сверкающие, белые руки с мягким жестом приподнялись выше. Скорбные глаза облили его неизъяснимо-сладкой волной, теплой и нежной. Весь потрясенный, он сделал еще два шага, и еще, и вдруг упал, как сноп, едва не стукнувшись головой о чугунную ограду могилы.

Через час, впрочем, он лежал уже в своей постели с широко-открытыми глазами, устремленными в потолок. За стеной, в кабинете его отца, слышалось деревянное постукиванье костяшек счетов, и два монотонных голоса — отца и старосты — сводили какой-то нескончаемый счет. Голоса попеременно шептали:

— Брось на кости восемь с четвертаком.

— Восемь с четвертаком.

— За Перфилихой два шесть гривен.

— Два шесть гривен.

— Восемь за Микитой Мурыгиным.

— Восемь.

И счеты постукивали и постукивали без конца. А Степа лежал и думал: "Ужас не там, у могилы, — ужас в этом проклятом стуке!"

III

Накануне Казанской Степа проснулся очень поздно. Мутный осенний день уже смотрел в тусклые окна его комнаты. Из водосточных труб, журча, стекала вода. На лужах, под этими стеками, вздувались и лопались пузыри. Мелкий дождь серой сеткой затягивал всю окрестность и сад, жалкий и унылый, с истлевшей травой, с побуревшим бурьяном у забора, с свернутыми в трубочку листьями дуба. Все это Степа хорошо видел из окна, с постели, и он не спешил вставать. Натянув до самого горла одеяло, он лежал в постели к думал: "Тоска! Боже, какая тоска! Хоть бы поскорее ночь!" И при воспоминании о ночи ощущение жуткого счастья охватывало его горячей волною. Все эти ночи, почти вплоть до рассвета, он проводил там, за садом, у чугунной ограды могилы. Степа прислушался. В доме все уже давно встали. Слышно было, как прислуга громыхала посудой, приготовляя к завтраку. Мать сердито ворчала на горничную, не находя нового молочника.

— Опять, дурища, раскокала, — повторяла она в десятый раз, — раскокала и на задворки выбросила!

Горничная лениво и неохотно огрызалась, стуча посудой, точно желая выместить на посуде все зло. А отец снова сводил со старостой какие-то счеты.

— Брось на кости 25 рублей за шкуры.

— Бросил.

— Брось еще за льняное семя 415.

— Бросил.

— Еще за кудель 302.

И костяшки беспрерывно стучали, с отвратительным лязгом скользя по медным проволокам. И Степу этот беспрерывный лязг приводил в раздражение. "Ах, чтоб вас, — думал он с отвращением, — ни минуты забыться не дадут!" Он хотел было с головой закрыться одеялом, чтоб не слышать этого ужасного стука, этого лязга, но вместо того с изумлением раскрыл глаза, привстав на постели. В его комнату быстро вбежала горничная. Мокрый от падавшего дождя платок закрывал ее лицо и голову, и Степа разглядел только сердито блестевшие глаза и тонкий, узкий, уже надорванный конверт в ее красной руке. И этот конверт сразу поверг Степу в трепет. Между тем, горничная, стремглав сунув на постель Степы слегка отсыревший от осенней мглы конверт, так же быстро побежала вон. Степа все глядел на конверт, словно боясь к нему притронуться.

— От кого это? — внезапно крикнул он горничной с раздражением.

Горничная повернула к нему с порога сердитые глаза.

— Молочник, — сказала она, — сама же разбила, сама, — своими глазами видела. Света Божьего невзвидеть! Разбила и осколки под пол схоронила. А с меня штраф. Свету Божьего невзвидеть! Ну? Это что же?

Она снова повернулась к Степе жирной спиной и сердито буркнула:

— А письмо от невесты.

Степа вздрогнул и взял с постели конверт с захолонувшим сердцем, Он сразу почувствовал, что от этого письма зависит все. Дрожащими руками он вынул из разорванного конверта тонкий лист. Вот что он прочитал:

"Родной! Любимый! Нездешний! Я люблю тебя, тоскую по тебе, страдаю и мучусь, и жду, жду, жду. Я понимаю тебя, и ты понимаешь меня. Нас двое, а их много, но они все вразброд, а мы вместе. Только ты напрасно думал обо мне: я зарезалась бритвой".

— Бритвой! — вскрикнул Степа с потрясенным лицом, и из его глаз хлынули слезы.

— Родимушка! — прошептал он в отчаянии.

Он выронил из рук письмо и уткнулся в подушки. Его плечи задергало. Жалобные и тонкие всхлипыванья раздались в тишине тусклой комнаты. Так прошло несколько минут.

Когда Степа приподнял от подушек лицо, оно все было смочено слезами, Он старательно оделся, старательно вымылся, поднял с пола письмо, разорвал его в мелкие клочки и бросил в умывальник.

— Чтоб не перехватили, — шептал он, — а то ведь они ловкачи, перехватят, а потом поди и возись с ними!

Он слабо улыбнулся.

"Бритвой! Вот в чем дело-то, — подумал он. — То-то давеча у меня в саду мелькнуло что-то, а что — мне и невдомек".

И ставь затем в угол к образам, он что-то зашептал, точно молясь и как будто бы даже крестясь, впрочем, довольно своеобразно. Он прикладывал пальцы лишь ко лбу и к животу.

— Ну, что? Рад? — спросила его мать, когда, он вошел в столовую, — Прочитал письмо от невесты-то?

— Как же, прочитал, — радостно отвечал Степа.

— Прочитал, прочитал, — повторил он после минутной паузы, все так же радостно.

Лицо матери даже все зарумянилось от восторга. Улыбка Степы очевидно обрадовала ее.

— Ну, вот так-то, — сказала она, — теперь тебе в город ехать нужно. Невесте подарок выбирать. Получше что-нибудь выбери: браслет какой-нибудь потяжельше выбери. А лошади скоро уж и готовы будут; кучеру уж и овса отпустили.

И, радостно оглядывая сына, она с лукавой усмешкой добавила:

— А невеста-то, помнишь, что тебе пишет? Жди, говорит, меня; завтра, говорит, беспременно буду. Хоть оно — невесте писать жениху и зазорно бы, ну да уж что делать. Сердце, видно, не камень!

И мать рассмеялась. Сын рассмеялся тоже.

"А письмо-то уж перехватили!" — подумал он.

— Только вы, матушка, не совсем точно поняли письмо-то, — заговорил он, смеясь, — это она меня ждет-то, а не я ее; это раньше я ее поджидал, а теперь уж она меня; вроде как бы визита, с моей, то есть, стороны! — пояснял он с легкой жестикуляцией. Он с торопливой жадностью принялся за чай, но вскоре его позвали к отцу. Немедля, он отправился в кабинет. Его необычайно развязный вид поразил отца, и тот подозрительно оглядел его.

— Вот что, — наконец сказал старик, — тебе деньги нужны

на подарок для невесты. Так вот! И он вручил сыну пачку кредиток,

— Да еще садись-ка, — добавил он, — я тебе пару слов на прощанье сказать хочу.

— Тебе двадцать два годика, — внушительно начал старик, когда Степа все с той же развязностью уселся против него на стуле.

— Двадцать два годика, — повторил он, — и скоро ты мужем и хозяином будешь. Так вот, мне и интересно бы знать, как ты дела свои вести намереваешься? По-прежнему ли шкандалить, озоровать и на рожон переть будешь, или же за разум возьмешься?

— За разум возьмусь, — проговорил Степа и лукавая усмешка чуть тронула его губы.

Старик оглядел его подозрительно, но очевидно остался доволен своим осмотром.

Между тем Степа перегнулся к отцу с своего стула.

— И я, в свою очередь, — проговорил он, — вопросик вам задать хочу.

Старик приготовился слушать.

— Насчет кнутика и гвоздя, — пояснил Степа с едва уловимой лукавой усмешкой, — насчет того самого приспособленьица, из-за которого я базар житейской суеты произвел?

— Ну-с? — вопросительно взглянул старик в глаза сына.

— А вот-с мне желательно было бы узнать, — продолжал сын, — что это: ошибка, случайность, предрассудок, или закон природы? — И он с выражением лукавого любопытства заглянул в свою очередь в глаза отца.

Тот ответил ему смелым и прямым взглядом.

— Закон природы, — проговорил он твердо.

— Покорно вас благодарим, — отвечал с лукавым поклоном Степа, но отец, казалось, не замечал его лукавства. И, расставив красный ладони рук, он сказал:

— А тебе, Степа, довольно стыдно из-за этого шкандал поднимать. Этот кнутик-то тысяч шесть за все свое время заработал, а кому? Я стар, много ли мне нужно? На тебя же, ведь, этот закон природы-то работает.

Сын рассмеялся.

— Покорно вас благодарим, — снова повторил он.

"Слава Богу, слава Богу", — подумал о сыне отец.

— Лошади поданы, — доложила с порога горничная. И Степа подошел к отцу с поцелуем, но его губы все еще лукаво подергивались.

Мать вышла на крыльцо провожать сына и тоже вся сияла от счастья. "Что, старая карга? — думала она о просвирне. — По-твоему вышло, по-твоему"?

IV

Между тем Степа, тотчас же по приезде в город, отправился на улицу. Оглядев окна почти всех магазинов, он остался недоволен. Он не нашел того, что ему было необходимо. "А без этого как же мне домой возвратиться?" — думал он, с недоумением разводя руками, С главной улицы он повернул в боковую, но та привела его на базарную площадь, полную шума и гама. Он поспешно повернул от нее прочь, в какой-то переулок, чувствуя, что один вид шумящих и суетящихся людей повергает его в раздражение. Раздражение уже начало было охватывать его; даже его губы закривились от гнева, но тихие сады переулка подействовали на него благотворно. Вскоре он несколько успокоился. И вдруг он остановился, весь полный мучительной тоски. Только теперь он ясно сообразил, что не помнит, для чего он приехал в город. Кажется, он приехал для какой-то покупки, но для какой? Ему нужно купить что-то, самое для него необходимое. Но что это за вещь? И вещь ли это? Волнение и беспокойство загорелись в его глазах. Он быстро повернул назад, свернул в какой-то переулок и сел на первого попавшегося ему извозчика. Неизвестно для чего, он поехал к знакомому акцизному чиновнику, потом в склад земледельческих орудий, затем в книжный магазин. Разнородный мысли, жуткие и острые, носились в его голове, как стаи испуганных птиц. Он летал по городу на извозчике и просил настегивать лошадь. Он куда-то торопился. Он объездил все книжные магазины и требовал книгу, которую нигде не могли найти. И все это его ужасно волновало, мучило, томило, наполняло жгучим беспокойством. Вследствие такого состояния духа, он хорошенько не помнил, когда он отпустил извозчика, и куда был его последний визит. Он опомнился только спустя некоторое время, когда в городе уже стали зажигать фонари. И он застал себя за странным запятисм: оп стоял перед окном плохенькой и низенькой лавки, и, весь согнувшись под моросившим дождем, внимательно разглядывал лежавшую на окне бритву. Бритва лежала полураскрытой, с черной рукоятью, сверкая блестящим острием. Степа внимательно оглядел ее всю, до последнего гвоздика на ее ручке, точно в этой бритве сосредоточивался весь смысл его жизни. Он едва даже не вскрикнул от радости. "Да бритву же мне нужно купить, — подумал он, — бритву! Чего же я беснуюсь, чего волнуюсь, о чем беспокоюсь".

— Ведь для бритвы я и в город-то поехал, — шевельнул он губами, и радостная улыбка осветила его лицо.

Он проворно зашел в лавчонку, не торгуясь, купил бритву и бережно спрятал ее в карман.

Домой он возвратился поздно; ни одного огонька не светилось в усадьбе, и вся она стояла под мутным осенним небом какая-то пришибленная и придавленная.

Заспанная горничная, с накинутым на голые плечи платком, отворила ему дверь.

Наскоро раздеваясь, Степа спросил:

— А что, батюшка? Где?

Горничная сонным и хриповатым голосом буркнула:

— Спят. Все спят. Хоть из пушек пали.

Степа тихо пошел мимо нее в свою комнату. И он слышал за своей спиной, как она почесывала голые локти и недовольно ворчала:

— А что же молочник-то? Тю-тю, значит. Она разбила, а я отвечай. Ну, жизнь! Света Божьего невзвидеть!

Между тем Степа отворил дверь комнаты и остановился на пороге, пораженный, В комнате было тускло и тихо. Только как будто свет луны проливался сквозь узкое окошко и светящимся пятном освещал стул перед небольшим темным столиком. И на этом стуле, облокотясь локтями на стол, сидел отец Степы. Степа даже вздрогнул от неожиданности и с жгучим любопытством оглядывал всю сутулую фигуру отца. Отец сидел, не шевелясь, и только как-то весь колеблясь в лунном свете. Впрочем, когда Степа переступил порог, старик повернул к нему голову и остановил на сыне насмешливый и холодный взгляд. Это переполнило чашу терпения сына; он даже задохнулся от негодования.

— А-а, — протянул он негодующе, — шпионить, подглядывать, на разговор вызывать? Хотите? Хотите? Да?

Он приблизился к отцу, прошелся несколько раз вокруг его стула, нервно потирая руки, и вновь остановился перед отцом. Отец не проронил ни слова.

— Слушайте же, когда так, — выкрикнул Степа, — слушайте, слушайте!

— Знайте же, — едва перевел он дыхание, — знайте же, что вы меня до этого довели! Вы, вы!

— Не отпирайтесь! — повысил он голос, — не отпирайтесь!

Вы — смерть, яд! Вокруг вас, как вокруг Пушкинского анчара, вся окрестность на три версты в окружности вымирает! Вы — зараза! И я питался вашими соками двадцать два года,

— Не отпирайтесь! — снова крикнул он в бешенстве.

— Всю жизнь вы меня измором морили, — продолжал он осипшим голосом, — всю жизнь! И ваши законы природы всю жизнь из меня жилы мотали; и вымотали, вымотали, наконец! Радуйтесь!

Степа на минуту закрыл лицо руками и вновь оторвал их, еще ближе придвинувшись к отцу. Он ждал с его стороны какого-нибудь слова, намека, жеста, но тот упорно безмолвствовал, насмешливо поглядывая в самые глаза сына.

— Молчите? — проговорил Степа укоризненно. — Молчите? Отмолчаться хотите!

— А помните, — помните, — понизил он голос до шепота, — как вы меня на Липовецкой ярмарке законам природы учили? Помните? Мне шестнадцать лет тогда было, и вы уж заражать меня начали. Вы меня обвешивать тогда учили, — склонился он к самому лицу отца, — обвешивать!

Степа вновь на минуту замолчал; ему показалось, что краска стыда залила все лицо старика и даже кожу его головы под поредевшими седыми волосами.

— Но я не заразился вконец, — продолжал Степа, — не заразился. Она меня спасла! Она — святая, непорочная, нездешняя! — вскрикнул Степа, с просветлевшим лицом и простирая руки вверх.

— И вам это спасение мое обидней всего показалось, — снова перешел он в шепот, — и тогда вы вот к какой уловке прибегли, вот к какой уловке!

Сын замолчал, измерил отца с головы до ног негодующим взором, прошелся по комнате и остановился перед отцом вновь.

— Ведь я знаю, — выкрикнул он осиплым голосом, — знаю, что это ты мне нынче утром с Дашей письмо подослал. Ты нарочно своей воровской рукою почерк ее подделал и о бритве мне намекнул. Нарочно! Ты обманщик! Ты дышишь обманом, и без обмана тебе так же трудно, как рыбе на сухом берегу.

— Ты и сына обмануть хотел, — кричал он в бешенстве, дрожа всем телом, — единственного сына, потому что он против законов природы идти хотел, а для тебя это хуже смерти. Ты сыноубийца! — выкрикнул Степа, задыхаясь и потрясая кулаками.

Он замолк; на пороге его комнаты внезапно появилась горничная.

— Что это вы, Степан Васильич, озоруете? — сказала она. — Батюшка жалуется: спать, говорит, не дает. Или, говорит, он мадеры насосался.

И она ушла. Степа бессильно опустился на стул.

"Так вот оно что, — подумал он с ужасом, — стало быть, правда, не он письмо-то писал, не он, а она!"

— Стало быть, правда, она придет. Или я к ней пойду? А? — шептал он бледными губами.

— Что же мне теперь, братцы мои, делать-то? — повторял он в десятый раз осторожным шепотом. — И он в недоумении разводил руками. Жалкая улыбка бродила порой по его губам. Он неподвижно сидел на своей постели, уцепившись за ее края, внимательно вглядывался в тусклый полумрак комнаты и иногда порывался что-то сказать.

Но тотчас же он как будто принимал чей-то строгий наказ, и тогда он грозил самому себе пальцем и шептал:

— Тсс! Тише. Помолчим, братец, помолчим.

И снова он продолжал вглядываться во мрак.

Кажется, он поджидал ее. И вдруг все его лицо осветилось неизъяснимым счастьем. У того же окна, где раньше он видел сутулую фигуру отца, матовым пятном засветился теперь ее серебристый образ. Скорбные глаза обдали его теплой волною. Он простер к ней руки.

— Родимая моя! Кротость моя! Счастье мое! — прошептал он, изнемогая от восторга.

Она как-то вся заколебалась и плавно двинулась к нему, как серебристое облако.

Он поджидал ее с отуманенными глазами. В его руке сверкнуло лезвие бритвы. Она вся затрепетала, увидев подарок своего милого. "Радость моя", — шептал он, приваливаясь спиной к подушкам постели. На своем лице он ощущал ее нежное и теплое дыхание, похожее на дыхание вешнего сада. Ее тонкие и холодные пальцы стали проворно расстегивать ворот его косоворотки.

— Счастье мое! — шептал Степа, поводя отуманенными глазами.

Она припала губами к левой стороне его шеи. Сперва этот поцелуй точно обдал его всего холодом, но затем нежная и невыразимо приятная волна разлилась по его телу. Он застонал от восторга. Розовое с зелеными краями облако скользнуло перед его глазами. Легкой волной его понесло все выше и выше.

* * *

Мутный осенний рассвет глядел в окна тусклой комнаты и матовым светом обливал ее стены и постель. На этой постели, сутуло приподняв плечи, лежал Степа Лопатин. Одна его нога, левая, свешивалась с постели и упиралась пяткой сапога в пол, а правая вытянулась во всю длину постели. Его голова была слегка свернута направо. На левой стороне шеи, от уха, вправо и книзу, чернела полоса, словно наведенная чернилами. И такое же чернильное пятно расплывалось по всей груди его косоворотки. Степа был неподвижен. Тусклые глаза глядели, не моргая, а губы словно застыли в бесконечно-блаженной улыбке.

Когда пораженные страшной вестью, отец и мать Степы утром вбежали в его комнату, он лежал все в той же позе и с той же блаженной улыбкой на застывших губах. Отец глядел на сына, весь сгорбившись, по-стариковски тряся головой и руками, и из его обесцвеченных ужасом глаз медленно ползли слезы. А мать, вся извиваясь от воплей, прижималась к груди старика и сквозь рыдания шептала:

— Папочка! Милый! Нам даже и отпевать-то его не позволят!..

ПРЕПЯТСТВИЕ

Когда мы проходили длинным коридором, из-за полуотворенной двери одной комнаты за нами все время следили беспокойные и злые глаза. Я чувствовал этот взор на себе, и мне было неловко. Но лишь только мы поравнялись с этой комнатой, подглядывавший за нами человек поспешно отскочил от двери, и слышно было, как он ушел вглубь, к противоположной стене. Доктор, кивая на дверь, сказал мне:

— Хотите заглянуть сюда? Это самый интересный из моих пациентов. Он доктор по профессии и болен манией преследования. Все ждет над собой суда. Теперь, впрочем, он довольно спокоен.

Мы вошли. Больной уже стоял у окна, в небрежной позе повернувшись к нам спиной, и было очевидно, что эта поза была принята им преднамеренно.

— Здравствуйте, дорогой, сказал доктор, — как вы провели эту ночь. Он подождал ответа, но больной не отвечал ни звуком и все также стоял у окна, повернувшись к нам спиною.

Доктор шепнул мне:

— Он недоволен вашим присутствием.

Но больной повернулся в эту минуту к нам лицом, и я увидел жёлтые слегка обрюзгшие щеки, желтые белки беспокойных и сердитых глаз и брезгливое выражение губ.

— Когда же, наконец, меня будут судить? спросил он доктора сердито, с нервной дрожью в левой щеке. И тотчас же сердито и резко он добавил все также вероятно по моему адресу:

— Шляются, делать им нечего!

Он быстро повернулся к нам спиной и снова стал глядеть в окошко, торопливо и сердито бормоча что-то неразборчивое. Между непонятными словами я постоянно слышал торопливое восклицание:

— Вот вам и нельзя! Вот вам и нельзя! Вот вам и нельзя! Он снова искоса бросил на меня злобный взгляд, точно метнул копье. Мне стало неловко. Может быть этот человек хорошо понимает, что он болен, и ему неприятно, что люди ходят смотреть на его страдания ради праздного любопытства. Я тронул доктора за рукав, приглашая его уйти.

Когда я покидал совсем лечебницу доктора, он вынул из ящика своего письменного стола рукопись, и вручив ее мне, сказал:

— Прочтите. Здесь кое-что любопытное, хотя, быть может, правда тут достаточно перемешана с бредом. Впрочем, сами увидите. Автор этой рукописи — тот самый человек, который так негостеприимно встретил вас.

Я прочитал эту рукопись тотчас же по приезде домой. Вот она:

* * *

Я любил её; я любил её страстно. Это была девушка тонкая и гибкая, с бледным лицом и мечтательными глазами, необычайной красоты. Мне всегда казалось, что в них, в этих глазах, живут божественные гении, чистые, как молитвы праведников, которым все известно, которыми, раскрыты все тайны неба и земли. И я горел мучительным огнем взглянуть на этих гениев поближе, ощутить их святое дыхание своими губами, почувствовать их божественную теплоту своим телом. Они как будто звали меня, эти гении, в бесконечные дали и я не мог не идти на их зов. Я не мог. И я пошел за ними, весь полный неизъяснимой истомой, блаженством и мукой, не боясь никак их преград. В этом все мое преступление. Да преступление ли это, преступление ли?

Я знаю, вы хотите меня судить, и я не боюсь, вашего суда; я желаю его всем сердцем; я хорошо знаю то, о чем я хочу говорить с вами на этом суде.

Итак, я любил ее страстно. Что такое страсть? Чувствовали ли вы когда-нибудь её могучие вихри в своей крови?

Не казались ли вы себе богами в те удивительные минуты. Не поднимали ли они вас выше звезд, эти вихри, и не казались ли вам тогда все люди жалкими и ничтожными козявками, копошащимися в грязной луже? А все условия их общежития, не представлялись ли вам они пустопорожним местом, лишенным всякого смысла? Весь мир, весь громадный мир, разве не казался он вам тогда ничтожным с высоты вашего головокружительного полета, между тем, как всю его прелесть, все наилучшие его соки, весь смысл и жизнь вмещала для вас лишь одна форма, одна идея, одна красота, одно желание?

Вот такою именно страстью любил я ее, эту бледную девушку. Когда она около меня, мое сердце наполнялось неизъяснимым восторгом, жизнь кипела во мне ключом, и самая трудная работа казалась мне игрушкой. Когда она улыбалась, я хохотал, как сумасшедший; если она глядела скучно, я страдал. Если я не видел её, жизнь теряла для меня всю свою цену, точно солнце погасало над вселенной.

Она была гувернанткой моего девятилетнего сына; моя жена была еще жива в то время, и все мы жили в одном доме, среди тихого поля, на берегу узкой речонки.

Я сказал: моя жена еще была жива в то время. Да, она была жива, но она уже умирала. Мучительный сердечный недуг вот уж пять лет держал её прикованной к постели, выпив из нее всю кровь и сделав её постаревшее лицо похожим на высохший лимон. О, что это была за страдалица! Три раза в день ее терзали мучительные приступы удушья, когда она корчилась в своей постели с хрипом и стоном, вся высохшая и задыхающаяся, с лиловыми жилами, надувшимися на желтых висках, как веревки, с желтыми глазами, вылезавшими из орбит от ужасных конвульсий, с синими губами и оскаленными зубами, позеленевшими от бесчисленных лекарств. А её скулы, покрытые желтой и сморщенной кожей, выдавались на её безобразно худом лице острыми углами.

Только впрыскиванья морфия прекращали приступы этих удуший и вливали в её дряблые мышцы слабую струю жизни. После этих впрыскиваний она несколько оживала, вяло разговаривала, преимущественно о своей болезни, пила молоко, ела жидкую тюрю, кашку, или брала читать книгу, обыкновенно религиозного содержания. И так проходила её жизнь.

Кому она была нужна?

Я сам доктор, и я окружал эту женщину своим попечением, уходом, всем необходимым для поддержания её здоровья, как самый верный друг; я всегда лично сам делал эти спасительные впрыскивания, и под моей рукой постоянно находились стеклянный шприц и игла, которой я прокалывал её высохшую кожу. При таком попечении и уходе она могла протянуть долго; может быть год, может быть два, может быть...

А что если и больше?

Можете себе представить, какие я переживал пытки? Я видел перед собой картину постепенного разрушения когда-то дорогой для меня женщины, обезображенной ужасной болезнью и жалкой, жалкой до мучения, и в то же время я любил другую, бледную и тонкую девушку с мистическими глазами, зовущими в необъятную даль. Да, я ее любил всем моим сердцем, всей моей кровью, всем существом моим. Хороша ли она была собой, как зародилась моя любовь, откуда она пришла ко мне, в какую минуту подкараулила, я не знаю. Я ее увидел и полюбил.

Больше я ничего не умею сказать.

И я любил ее и весь томился мучительно сладкой тоскою, полной неизъяснимого блаженства и мук.

Сначала я испугался этой страсти. Я решился на разлуку, но каким способом я мог привести в исполнение свои намерения? Я не мог покинуть жены; быть при ней хожалкой я считал своим догом. Но у меня точно также не хватало мужества отказать девушке от места и тем обречь ее, быть может, на нищету. И вот, чтоб не видеть ее, я заперся в двух комнатах. Два дня я не выходил из спальни жены и моего кабинета. Там я пил чай, там обедал, там читал и работал. Впрочем, нет, не читал и не работал, а только делал вид, что читаю и работаю. Я не мог заниматься никаким делом; я думал о ней, подглядывал за ней, прислушивался к её шагам. И я слышал их, слышал за пять комнат. Страсть сделала меня зорким, как орел, и чутким, как летучая мышь. В эти два дня я только ясно понял, что мне не жить без этой девушки, что она нужна мне так же, как всему живущему нужен воздух.

И вот я услышал как-то шелест её платья на крыльце, и, настежь распахнув двери кабинета, я быстро пошел к этому шелесту, очертя голову, без размышления, не боясь никаких заповедей, никаких страхов, никаких преград.

На самом крыльце мы столкнулись с ней лицом к лицу. Мы ужасно испугались, побледнели и даже не поздоровались. Она быстро повернула от меня влево, я также быстро пошел направо. Однако, я тотчас же остановился, повернулся к ней и сказал:

— Послушайте!

Она встала в пол-оборота ко мне. Я сказал:

— Вас удивляет, что я не видел вас двое суток и все еще жив? Я сильно работаю; я занят философским трактатом. В нем я пытаюсь доказать, что страсть приподымает ум, нервы и все существо человека до наивысшей их напряженности, и человек в эти редкие минуты проникает божество и познает абсолютные истины. Если эти истины не Бог знает какой ценности, в этом вина не человека. И что бы ни сделал человек, осененный страстью, он сделает именно то, что нужно и можно делать, так как он познал абсолютную истину. А если люди жгут их на кострах, считая за диких безумцев, так они поступают только ради жалкого инстинкта самосохранения, ибо страсти в большинстве разрушительны и колеблят их самые драгоценные устои. Я замолчал; я видел, как краска залила её лицо; она поспешно исчезла в садовой калитке, а я пошел в поле, сам не зная зачем. Внезапно мне стало очень весело; я понял, что она любит меня, а это было для меня важнее существования всего мира.

Больше я не запирал себя от неё.

Как-то я увидел ее в саду. Она сидела на скамье вся грустная и нежная и глядела перед собою. Её глаза были неподвижны. В саду тоже все было неподвижно. Горевшие на закате тучи проливали сквозь застывшие ветки деревьев свой розовый свет на её тонкую фигуру, и она вся казалась залитой розовой волной. Её тонкие пальцы, точно изваянные из розового мрамора, лежали на коленях прекрасные и прозрачные. Она не шевелилась; ни один мускул её тела не двигался, и она сидела, точно окаменев в своей позе, как прекрасная статуя печали.

Не знаю, как это случилось, но страсть, горевшая в моем сердце, внезапно вырвалась оттуда, как ребенок, почувствовавший, что он вырос и возмужал, как бурный поток, прорвавший плотину, как пламя пожара, пробившее соломенную кровлю ветхой хаты. И меня понесло этим потоком, как щепку. Я уже был не в силах владеть собою и едва держался на ногах. Меня точно носило где-то над землею в мучительных водоворотах, полных блаженства. Я не мог отдавать себе отчета в моих поступках; мой просветленный разум видел действительную жизнь совсем в иных рамах чем он видел ее раньше.

И я сказал этой девушке, что я люблю ее, что я ношу ее в моем сердце, как мучительный недуг, отравивший мою кровь. Я говорил ей, что она моя жизнь, моя гордость и мой позор, мой грех и мое Спасенье, моя победа и мое поражение, мои муки и мое блаженство. Я говорил, и моя голова кружилась в горячих вихрях. Задыхаясь, я, наконец, замолчал, поджидая её ответа и весь содрогаясь, как бы в конвульсиях.

И она ответила мне, что любит меня. Сначала, лишь только я понял смысл её слов, меня всего охватили ужас и трепет. Вероятно, напряжения страсти колебались во мне, и земные условности порою пугали мой разум. Но потом мое существо наполнило мучительное блаженство. Я походил в ту минуту на пустую бутылку, которую помимо её воли наполняли через край, то одним, то другим ощущением.

Виноват ли я в этом?

Со стоном я потянулся к ней, к этой девушке, залитой розовой волной света; но она оттолкнула меня своими тонкими руками, и я видел, как в её глазах, вслед за выражением бесконечной нежности, засветилось выражение испуга и такого же бесконечного гнева.

Она стала говорить. С трудом я понял смысл её слов, повергавших меня в муки. Эти слова запечатлелись в моей памяти на всю жизнь.

Она любит меня, но не будет принадлежать мне. Сама по себе она не боится никакого стыда, но она никогда не поведет на позор ребенка, который должен родиться от нашей любви. Ребенок, рожденный девушкой! Никогда в жизни она не отдаст своего ребенка на такую каторгу!

Она мне говорила все это, и в её глазах светилась такая бесконечная любовь к этому несуществующему ребенку, что я возненавидел его в ту минуту настолько же сильно, насколько она его любила.

Она сумеет побороть в себе страсть ко мне ради этого несуществующего лица, ради этого мифа, — я это хорошо понял, — и моя страсть разобьется об этот миф вдребезги. Я готов был рвать на себе волосы.

Я сказал, что женюсь на ней, что препятствий к этому не будет, так как та женщина скоро умрет.

Она прошептала: — Кто знает?

И гении её глаз повторили: — кто знает? Может быть, она проживет долго!

Я не виноват, я не виноват!

Она ушла от меня...

Целый месяц я переживал ужасные пытки, Все ночи я лежал без сна, с открытыми глазами и мучительной тоской на сердце, и думал, думал.

Я думал: зачем та женщина живет? Кому нужно её ужасное существование? Кроме мучений у неё нет ничего, решительно ничего, и её смерть прекратила бы и её пытку, и нашу. Её смерть сделала бы счастливыми троих — и ее, и нас,

Но она жила, так как я по-прежнему делал ей три раза в день спасительные впрыскивания; поддерживая её мучительное существование морфием.

Как я страдал, как я страдал!

Между тем моя страсть росла с каждым днем и поднимала меня в заоблачные высоты, откуда весь мир человеческих отношений казался мне ничтожным. Я видел его с точки зрения моей страсти. Иначе я не мог смотреть. А мой философский трактат делался для меня все яснее.

И вот я снова встретил эту девушку в саду. Я увидел ее издали. Она сидела на зеленой скамье все в той же неподвижной позе, и её взор был устремлен, вероятно, помимо её воли, на крайнее окошко дома, настежь распахнутое. Там, у самого окошка, в небольшой комнатке виднелась громоздкая кровать и фигура лежащей на ней женщины. Её желтое, как высохший лимон, лицо, изрытое морщинами, резало глаза девушки, и по её телу бежал трепет и выражение безнадежного отчаяния. И вдруг в её не умевших лгать глазах блеснула мысль, или вернее намек на мысль. Я ее понял сразу, несмотря на то, что она появилась и исчезла с быстротой молнии. Девушка глядела на ту страдалицу и думала: "зачем ты живешь и подвергаешь меня пытке?"

Бледные пальцы её рук хрустнули; внезапно она сделала жест, намереваясь встать и уйти, уйти от этого жёлтого, как лимон лица, от своих мук, от той ужасной мысли. Но она осталась так как я подошел к ней. Она оглядела меня подозрительно, — не прочел ли я её мысли, — но затем успокоилась и подвинулась было на скамье, чтоб дать мне место рядом.

Однако, я не сел и взволнованно заходил перед скамьею, ломая руки. Она сидела передо мной вся бледная и виноватая, боясь поднять на меня глаз, ожидая моих слов, упреков, жалоб. Но я молчал в волнении. Несколько минут длилось напряженное молчание. Только зеленый сад благоухал и дышал таким избытком сил, такою полною жизнью, такою радостью существования, что это дыхание кружило мою, и без того опьяненную, голову.

Наконец я заговорил. Это была все та же старая песня, которую я вел вот уже месяц.

Я говорил. Нет она не любит меня эта девушка!

Если любят, не избегают встреч; если любят — не рассуждают; если любят — не боятся предрассудков. Страсть сильнее их, и она ломает эти предрассудки в щепки. Страсть — это всемогущество, благотворный ураган, проникновение божества. И пусть эти ураганы сметают с лица земли все предрассудки, все до единого! Так нужно, нужно, нужно. Чтобы было, если бы Галилей, боясь предрассудков, не сказал своего "вращается"? А разве не страсть одухотворяла его в те минуты? А гении и пророки? Разве все это люди не гигантских страстей? И пусть она полюбуется, как они ловко прыгали через все предрассудки, сшибая их гнилые пеньки своими сильными ногами! И вся история человечества не есть ли ломка предрассудков? Страсть — это божество. Она сама диктует заповеди, а предрассудок их рабски исполняет, пока новая страсть не выметет их, как дрянной сор, и не создаст новые. Страсть говорила: "Око за око, и зуб за зуб". И страсть сказала: "Люби и прощай". Страсть — это великий первосвященник, имеющий на земле власть все разрешить и все связать. Я говорил так, или приблизительно так. И ломая руки, я стоял перед нею сильный и могучий своею страстью. Она молчала и сидела передо мною бледная, с опущенными глазами. Казалось, она боялась поднять их, чтобы не выдать своей тайны. А я все говорил и говорил.

Если в нас горит одна страсть, какого препятствия испугаемся мы? Разве мы не столкнем его нашей ногой? Или она не чувствует, что мы сами теперь первосвященники и можем диктовать свои заповеди?

Я говорил долго и убедительно, как власть имеющий, и я видел, как по её лицу бегали судороги от мучительных колебаний. Чего я добивался от неё? Или уже тогда я решил все бесповоротно и просил у неё разрешения и содействия? Но она молчала.

А вокруг нас цвел сад, благоухала клумба цветов, благоухала пригретая солнцем почва, и ослепительно сверкало небо. Казалось, и земля, и небо звали нас, звали могучим криком ринуться к счастью, без размышления и страха ломая на пути все препятствия, как вешняя вода ломает гнилые заборы. И меня понесло к этому счастью могучей волной необъятной силы.

И вдруг из раскрытого окна дома до нас долетели хрипы и стоны. Я понял, что там, с той женщиной, начинается её обычный припадок удушья, от которого ее может освободить смерть или морфий. Шприц и игла были у меня; её жизнь была в моих руках. Я мог идти туда, и мог не идти. И я стоял, не двигаясь с места, и глядел на девушку, чувствуя, что бледнею как полотно. Я знал, я был уверен, что не надо мешать великим законам жизни, и пусть умирающие умирают. Счастье, ожидавшее меня, казалось мне таким громадным, такой необычной красоты, таких захватывающих горизонтов, что я решился во что бы то ни стало перепрыгнуть через препятствие. Мне казалось, что у меня есть на это и сила, и власть. Однако, я колебался, поджидая ответа девушки. Наконец, она подняла ко мне свои глаза. Все лицо её было в красных пятнах, а глаза горели необычным огнем. Я понял, что страсть, горевшая во мне, охватила и ее своим безумным пожаром, и эти глаза приказывают мне подчиниться законам жизни.

Я опустил голову; я ее понял, но тут внезапно она поднялась со скамьи с резким жестом, и что-то хотела мне сказать, но не сказала, и снова повторила резкий жест, но слова и на этот раз не сорвались с её губ. Бессильно она опустилась на скамейку и закрыла лицо руками.

Тихонько я пошел к дому. Та женщина не увидит шприца, но мне хотелось оправдать себя в её глазах. А может быть мне хотелось поскорее отрезать себе все пути к отступлению. Я не мог хорошенько разобраться в этом, так как в моей голове кружились вихри.

Когда я вошел в комнату жены, она корчилась в постели, вся задыхающаяся и ужасная, с синими губами и желтыми вытаращенными глазами. Она как будто молила о спасении, и я еще мог прекратить припадок впрыскиванием морфия.

Но ведь этого не надо?

Я взял шприц и иглу и подошел, но не к постели, а к окну. В ту же минуту я услышал в моем сердце голос какого-то пигмея, который как будто протестовал против того, что я намеревался сделать. Я надеялся, что голос пигмея будет крепнуть и мужать; и я поджидал. Казалось, я стал желать этого. С мучительной тоской я глядел в сад, ища поддержки моему пигмею.

Но поддержка не являлась.

Сад цвел, небо сверкало, и клумба цветов благоухала всеми радостями жизни. Астры лиловыми глазами, отуманенными страстью, глядели друг на друга и тихо шептались под теплым ветерком. Алые розы нежно прикасались друг к другу своими атласными лепестками, как пурпуровые губы, ожидающие поцелуя. И все цвело, сверкало, благоухало и рвалось к счастью неудержимым потоком, готовым сломить какое угодно препятствие. Слабый голос моего пигмея совершенно тонул в этом дивном хоре, как писк комара.

А та девушка сидела, вся сгорбившись, на скамье сада и, закрыв лицо руками, ожидала меня. По её сгорбленному телу бегали конвульсии.

Мои колебания разрешились; я выпустил из рук стеклянный шприц, разлетевшийся вдребезги о каменный выступ фундамента. Я притих, глядел на сверкавшие осколки и слушал хриплые стоны весь ослабевший и измученный. Вскоре, однако, стоны затихли. Страдания кончились. Смерть восторжествовала.

Она умерла; я перепрыгнул через препятствие.

Еле волоча ноги, я сошел в сад. Он благоухал и цвел по-прежнему, и не одна козявка не упрекала меня за поступок. Но на зеленой скамье я не нашел той девушки, к которой рвался с такою могучей страстью. Там ее не было. На этой скамье сидела теперь женщина странной наружности. Вся левая сторона её лица была безобразно перекошена и даже вздута, как бы от укуса ужасного насекомого. А правая глядела на меня тупым и бессмысленным взором идиотки.

Она глядела на меня и тупо улыбалась.

Где же та девушка? Разве она не делала прыжка вместе со мною или она осталась по ту сторону препятствия?

Я обхватил эту обезумевшую, обезображенную параличом голову и стал осыпать ее прощальными поцелуями...

СЧАСТЬЕ

Костя, худенький и бледный мальчик с скорбными глазами, вышел из хаты и робко присел на завалинку. Отец и мать Кости ушли в город за реку. Было еще не поздно, солнце не закатывалось. Город находился всего в полуверсте от той пригородной деревушки с десятью дырявыми двориками, где жили мать и отец Кости; но тем не менее они должны были возвратиться не скоро — мальчик хорошо знал это. Он хорошо знал также, что они пошли в город затем, чтобы пристроить его в ученики к сапожнику Милкину, несмотря на то, что мальчику исполнилось всего только 9 лет. Впрочем, Костя не осуждал за это родных, хотя жизнь у сапожника его пугала чрезвычайно. Но что делать? Он прекрасно сознавал, что он в семье лишний рот, который нужно поскорее сбыть, и что его никто не любит, кроме бабушки. А бабушку тоже никто не любит; она тоже лишний рот, так как от старости она неспособна к работе. Она еле ходит.

Кроме того она лакомка и воровка. Так по крайней мере, бабушку зовет ее дочь, а его, Костина, мать. И это правда. Всю весну бабушка, вечно чувствовавшая себя впроголодь, воровала у кур яйца и свое воровство сваливала на собаку Лыску. Бабушка выдала себя тем, что громче всех всегда ругала Лыску за это и даже швыряла в нее поленьями. В конце концов Костин отец собственноручно повесил Лыску, чтоб бабушке не на кого было сваливать свои грехи.

Все это пришло в голову Кости, когда он вышел из покосившейся хаты отца.

Его отец, впрочем, не родной ему отец. Мать родила Костю, когда она была девушкой; поэтому-то она и не любит его, так как он не принес ей ничего, кроме позора. А замуж она вышла всего только несколько лет тому назад, когда Костя мог уже играть в лошадки, за вдовца бондаря, у которого есть свои дети и которому по этой причине любить Костю не к чему. Да бондарю и некогда заниматься такими делами, так как он вечно должен думать о том, чем бы заткнуть ненасытные рты своего семейства. Эти вечные заботы и нужда сделали бондаря и его жену злыми, сварливыми и раздражительными, и они вечно пилят Костю и бабушку. В особенности же достается Косте, которого нередко колотят. На каждом местечке его худенького тела всегда сидит несколько колотушек. А раз бондарь бил мальчика так жестоко по худенькому личику и по курчавой русой головке, что надо удивляться, как ребенок не сделался идиотом. Эти ужасные побои обрушились на голову Кости за то, что мальчик как-то раз пожелал сварить уху из головастиков. Для этой цели он зажег у сельского гумна костер, а вместо кастрюли воспользовался новым картузом бондаря, стоившим 63 копейки. В картуз мальчик налил воды, а в воду запустил головастиков. Впрочем, попробовать своей ухи мальчику так и не пришлось; у костра его накрыл бондарь, и бабушка принесла Костю с гумен полумертвого.

Костя припомнил и это, присев на завалинке у хаты и скорбно поглядывая за реку грустными глазами. Собственно, он должен был бы радоваться отсутствию родителей; в такие минуты он всегда чувствовал себя спокойнее. Но сегодня весь вечер его сердце томилось и мучилось; его пугала будущая жизнь в учениках у сапожника, и он все глядел за реку, грустный и молчаливый, погруженный в свои думы. Только на минуту уличная жизнь пригородной деревушки оторвала мальчика от его дум. Мимо Кости прошел его товарищ Гришка, сын медника, и сказал ему сиплым недетским голосом:

— Коська, а Коська, скажи: ты солдат.

Костя сказал:

— Ты солдат.

Гришка ответил ему с хриплым хохотом:

— А ты кошкин брат! — и побежал вприпрыжку пыльной улицей, мелькая загорелыми ногами.

Эта фраза рассердила Костю; внезапно ему захотелось отпарировать насмешку товарища одной из тех уличных острот и непристойностей, которых он знал тысячи. Однако, долго он не находил в своей памяти ничего подходящего и наудачу он пустил вдогонку:

— А я не хочу и тебе в рот заколочу!

Такой ответ совершенно его удовлетворил, и он снова погрузился в свои думы.

Вскоре затем, уложив троих детей бондаря спать, всех на одну постель, из хаты выползла и бабушка. Она присела на завалинке рядом со внучком и сначала долго что-то жевала своими синими губами. Вероятно, она только что съела чего-нибудь потихоньку от всех, так как часто она проделывала это, сгорбившись где-нибудь в углу и лакомясь, огурцом, морковью или репою, которые доставала из необъятных карманов своей вытертой юбки. Затем она вытерла синие губы рукавом линючей кофты и сказала с апатичным взором:

— Лыску удавили, — воронье одолело. Воронье яйца тащат!

А ворон, э-э, Царица Небесная, всех ворон им, Костенька, не перестрелять!

Она вздохнула, пососала губы, поникла на грудь серо-зеленым лицом и закрыла глаза. Через минуту она, однако, открыла их и сказала:

— А я, Костенька, сон видела.

Костя хорошо знал, что бабушка может закрыть глаза на минуту и увидеть в это время сон, который не перескажешь и в три часа. И он спросил:

— Какой, бабушка, сон?

Сон на этот раз оказался коротким; бабушка отвечала:

— Будто сижу я, Костенька в булочной, и воздух, э-э, Царица Небесная, сладкий-расладкий!

И с тем же апатичным взором она добавила:

— А тебе, Костенька, у сапожника смерть будет!

Бабушка ближе придвинулась к внучку, погладила его рукой по волосам, похожим на ковыль, и стала говорить, посасывая синие губы.

— Плохо наше дело, Костенька, — говорила она апатично, — э-э, Царица Небесная! Запряжет тебя сапожник в хомут, заколотит, защиплет, заругает. Будешь ты воду носить, кадушки с капустой возить, ребятишек нянчить. А ласка, — от кого ласка? Бабушки-то ведь возле не будет! Э-э, Царица Небесная, смерть куда лучше! Ангелы любят детей, ласкают детей, крылышками им светят, по саду райскому с ними гуляют. А в раю радость и пенье, птицы золотые порхают, цветы лазоревые цветут, дым кадильный, как туман, вьется. Э-эх, Царица Небесная, так бы и не ушла!

Так говорила старуха, и ужас перед будущей жизнью все более и более овладевал сердцем ребенка.

Долго бабушка и внучек сидели на завалинке, уныло переговариваясь о том, что ожидает мальчика. При этом все серо-зеленое лицо бабушки выражало такую безграничную апатию, такую бесконечную скуку, что от всей ее фигуры как будто уже пахло могилой. А темные и большие глаза Кости сияли такой же бесконечной скорбью. Они оба были худы и от их одежд, насквозь простиранных и истлевших, веяло безысходной нуждою. Веяло тою же нуждою и от хаты, которая, как дряхлая и убогая старуха, стояла за их спинами вся рассохшаяся, с покоробленной крышей, обросшей по швам мхом.

И все трое — и хата, и люди — жалкой картиной вырисовывались на синем фоне вечера и производили унылое впечатление.

Порою бабушка и внучек прекращали беседу и молча смотрели вдаль. Прямо перед их глазами за узенькой речонкой смирно лежал в лощине маленький городишко; малиновые тучи горели над городом, освещая крыши домов, в то время как узкие улицы уже погружались во мрак и походили на темные русла оврагов. Тучи горели и в речке, и слева под кручей тихая вода была окрашена в малиновый цвет и походила на поток крови. И эти черные ленты оврагов и малиновые пятна крови тоже наводили уныние.

Между тем, поглядывая под говор бабушки на унылые картины заката, Костя делался все задумчивей и его сердце томилось мучительней. Неожиданно он спросил бабушку:

— А что это за ангелы, бабушка?

Кое-что Костя знал об ангелах, но сейчас ему хотелось узнать о них подробнее. Бабушка отвечала ему, что ангелы любят детей и приходят к ним затем, чтоб взять их невинные душеньки к себе на светлое небо. А одеваются они а серебряные ризы с драгоценным каменьем. Каменье это делают из стекла красного, синего и зеленого и стоит оно очень дорого, так что за маленькое колечко с таким камнем надо заплатить, по крайней мере — пятачок. При этом она добавила, что на пятачок лучше всего купить две булки, так как с двух булок можно быть сытой пожалуй с полдня. Затем она снова пожевала губами, снова закрыла их и, раскрыв через минуту, снова объявила, что видела сон. На этот раз сон ее оказался необычайно длинен. В какую-нибудь минуту она поспела выпить пять стаканов чаю с лимоном и поругаться с соседкой из-за воблы, которую они обе вместе нашли на пыльной дороге. Костя, впрочем, ее уже не слушал, и когда она ушла спать в избу, полную гудящими у потолка мухами, он остался на завалинке один, погруженный в свои думы, с широко раскрытыми скорбными глазами, устремленными вдаль.

Долго он сидел так и ужас перед предстоящей жизнью у сапожника все рос и рос в его сердце.

Уже огненные тучи погасли над городом и крыши домов потемнели и слились в одно мутное пятно; уже малиновые потоки крови на тихой воде узенькой речонки сделались фиолетовыми; уже серая сова шмыгнула в синем воздухе притихшей деревушки и сизый туман задымился над камышами, а Костя все сидел и думал, маленький и босоногий, с глазами, полными грусти, в линючей рубашке и панталонах, висевших на его тонком теле, как на палочке. Ничего не видя и не слыша, он сидел, словно приросши к завалинке, и думал о том, что его ожидает, и его сердце наполнял ужас, и трепет пронизывал его худенькое тело ознобом.

Боже, что это будет за жизнь! Он уже видел картины этой жизни, повергавшей его в трепет. Он уже видел себя измученного работой, избитого пьяным сапожником, скорчившегося в грязном углу хлева в изодранной от побоев рубашонке, с мучительной болью в сердце и во всем надорванном теле, с такой необъятной жаждой выплакать эту боль у милых и родных колен, у теплых и нежных рук. Но у него никогда не будет этих милых колен и этих нежных рук. Никогда, никогда! У него отнимут даже бабушку, чьи сморщенные руки умеют пролить в его сердце неизъяснимый восторг.

Костя все сидел на завалинке с побледневшим лицом, с глазами, светившимися такой бесконечной скорбью, с коричневыми кулачками, неподвижно лежавшими на изодранных коленях вылинявших панталон. Он думал. Если бы Бог сжалился над ним и послал к нему одного из своих ангелов в светлой ризе с драгоценным каменьем! Если бы этот ангел увел его от сапожника в цветущие сады рая. Какими молитвами упросить Бога, какими словами умолить? Есть ли такие слова? Знает ли их кто? Что если ангел придет к нему сейчас? О, как он обрадуется ему! С какой лаской он приникнет к его святым коленам, склонясь под божественным взором его нежных глаз! Ах, если бы Бог сжалился над ним и послал ему это небесное счастье.

Костя сидел на завалинке и плакал, содрогаясь худеньким телом и прижимая кулачки к глазам.

Вокруг было тихо. Тихая улица маленькой пригородной деревушки спала. Из покосившейся и рассохшейся по всем швам хаты долетал храп бабушки, жевавшей губами и поедавшей во сне жареный картофель. А за узкой рекой дремал в лощине маленький городок. И больше ничего. И ни один звук кроме храпа бабушки и стона ребенка не будил мертвой тишины уснувшего вечера.

И вдруг Костя испуганно вскочил с завалинки. Его глаза отразили ужас. Справа, оттуда, где через узкую речку перекинут шаткий переход, он услышал голос отца. Он догадался, что его отец и мать возвращаются из города домой, и что они уже на переходе. Он прислушался. Голос отца был сипл и пьян. Мальчик понял все. Его пристроили. За косушку водки отец и мать отдали его на позор и муки. Мальчику нужно было спасаться от этих мук.

Однако некоторое время Костя простоял неподвижно, не

понимая, что ему нужно теперь делать, куда скрываться. Но затем все его существо охватил панический ужас и он понял, что ему надо бежать, бежать, куда глядят глаза, лишь бы скрыться, спрятаться, уйти. Он круто повернул налево от рассохшейся хаты и побежал тихой улицей, весь согнувшись, чтобы не быть узнанным в мутном сумраке вечера. Бежал он быстро, работая руками и ногами, в обратную от перехода сторону, туда, где фиолетовые пятна зари лежали на тихой воде речки, как исполинские цветы. Рукава его рубашки раздувались, дыхание спиралось от бега, а он все бежал и бежал. В одну минуту он очутился на берегу, за кустами, скрывавшими его от тусклых взоров деревушки, на невысоком обрыве, как отвесная стена черневшем над речкой. С громко бьющимся сердцем, весь бледный и задыхающийся, он с разбега упал на колени и со стоном вскрикнул:

— Возьми, возьми!

Он подождал секунду, пережидая судорогу, дергавшую его губы, и с тем же стоном повторил:

— Возьми! Ангел, ангел!

И он умолк, поджидая ответа. Но ответа не было. Налево лежало тихое поле; тихое небо светилось звездами и такими же звездами светилась река с фиолетовыми цветами. Мальчик остался на коленях и поднял глаза к небу. В этой позе он застыл на несколько мгновений, с бледным лицом, освещенным небом, и коричневыми руками, опершимися в отвесный берег. Его лицо все горело скорбью, мукой, ужасом. Он разговаривал с Богом.

И вдруг среди невозмутимой тишины произошло нечто необычное, почти сверхъестественное. Совершилось чудо.

Белая и прозрачная тучка, неподвижно стоявшая до того мгновения на небе, как бы зацепившись за бледный серп месяца, внезапно оторвалась от его светлого диска, сделала поворот и неслышным полетом упала на реку в нескольких саженях от того места, где стоял коленопреклоненный мальчик. Мальчик ясно видел это. Он видел, как на ее серебряной ризе вспыхнули звезды необычайной красоты, как она несколько мгновений простояла на одном месте, вся колеблясь и извиваясь, и затем тем же плавным полетом двинулась по реке к мальчику.

Все лицо Кости осветилось счастьем. Он прошептал:

— Ангел, ангел, возьми!

С жаждой ласки, теплой и нежной, как любимые руки, он простер свои ладони к небесному гостю и повторял:

— Возьми, возьми!

И белая тучка двигалась к нему, плавно скользя по реке, вся сверкая звездами, как драгоценным каменьем. Наконец она поравнялась с ним, на минуту как бы остановилась, зацепившись за зеленые зубцы камыша, и вдруг взглянула в самое лицо мальчика, светлая и радостная, как небесный гость.

Простирая руки, Костя с радостным стоном бросился с отвесного берега на серебряные ризы небесного гостя. Однако вместо теплых и нежных рук ангела холодные руки смерти приняли мальчика. Его обманули. За что? Кто?

Костя дико вскрикнул и изо всех сил забарахтал рукам. Река всколыхнулась, заволновалась. Тишина напряженно дрогнула и издала стон. Линючая рубашонка горбом вздулась над спиной мальчика. А затем все исчезло. Исчезла и белая тучка, растаявшая как дым. Осталась одна река, мутная, и сначала колебавшаяся, но потом успокоилась и она, застыв от берега до берега, вся тихая, безмятежная и светлая, как небесное счастье.

БРЕД ОЗЕРА

Он сказал:

— Вы хотите слушать что-нибудь необычайное, почти сверхъестественное? Да? Если так, то я могу рассказать вам случай, который произошел со мной несколько лет тому назад.

Он замолчал, поджидая с нашей стороны ответа.

Мы все изъявили желание и оглядели его бледное лицо с недоумением. От него мы не ждали никаких рассказов, так как знали его за человека в высшей степени скрытного и молчаливого. И это тем сильнее подзадоривало наше любопытство. Мы стали просить его скорее приступить к рассказу.

Он устало приподнялся с кресла, пересел на диван, подальше от света лампы, и продолжал:

— Я назову свой рассказ "бредом озера", так как я и до сих пор наверное не знаю, кто из нас бредил в ту ночь: я, Карпей, или озеро?

— Карпей — это мой слуга, — добавил он после короткой паузы. И он замолчал снова, обхватив колено руками и не глядя на нас.

Наше любопытство возросло еще более. Дамы проворными руками стали свертывать свои рукоделия, сверкая камнями колец.

И, устало поглядывая на эти сверкавшие руки, он лениво заговорил:

— Однажды вот такие же точно руки перевернули весь мой разум и всю мою логику вверх ногами. Белое стало казаться мне черным, а черное — белым. Раньше — сделать приятелю пакость я считал бы за наигнуснейшую подлость, а тогда, после того, как меня перевернули вверх тормашками эти руки, я склонен был думать совсем наоборот. Дело в том, что я полюбил жену моего друга и желал ее, во что бы то ни стало. Всегда и всюду я видел только эту женщину, а мой друг скрылся от меня в какой-то темный угол, откуда я даже его и не видел. Обмануть его, — Боже мой! я считал это за совершеннейший пустяк. Она одна, эта женщина, стояла передо мной как солнце, а он, ее муж, превратился для меня в какую-то козявку, которую даже и не разглядишь невооруженным глазом. Я не знаю, со всеми ли это бывает так, но мне, по крайней мере, мне, когда я любил, всегда казалось, что через эту женщину я узнаю что-то самое существенное, какую-то удивительную тайну, которая откроет мне глаза на самую суть вещей. Мог ли я задумываться после этого над какими-нибудь пустяками? И я решился не задумываться. Овчинка мне казалась стоящей выделки.

Он снова замолчал, устало поглядывая на огонь лампы.

— Эту женщину, — наконец, продолжал он, — звали Ниной Сергеевной. С ее мужем я был приятелем долгие годы, но судьба как-то разъединила нас на некоторое время; женился мой приятель как раз в этот промежуток времени, так что, когда мы снова встретились, его женитьба явилась для меня новостью. А встретились мы в Петербурге. В это время я начал службу в министерстве уделов, где служил и мой приятель. Мы снова стали видеться почти ежедневно, и наши дружеские отношения возобновились. Однако, вскоре они прекратились; впрочем, не прекратились, нет; мой друг был расположен ко мне по-прежнему, но я перестал интересоваться им, я позабыл даже о его существовании; я всецело был поглощен Ниной Сергеевной. Конечно, я бывал у них почти каждый вечер, но, когда я заставал моего друга дома, я недовольно хмурился. И мне всегда казалось, что мой недовольный вид радовал Нину Сергеевну. Она как будто догадывалась, в чем дело, и эта догадка наполняла ее всю восторгом. Украдкой она бросала на меня порой такие взгляды, что у меня голова шла кругом. И тут же, после одобрительного взгляда, она принималась иногда хохотать самым беззаботным образом. Я не скажу, чтобы этот смех доставлял мне удовольствие. Чаще в эти минуты я готов был поколотить ее, если бы это было принято. Итак я проводил время, то млея под одобрительными взглядами, то беснуясь от беспощадного смеха. Как-то вечером я был у них. Все трое мы сидели на диване и вели какой-то спор, который нам должен был разрешить энциклопедический словарь. Как свой человек, я пошел за ним в темный кабинет моего приятеля. Перед этажеркой я стал на колени, разыскивая во мраке то, что мне было нужно. И в ту же минуту ко мне вошла Нина Сергеевна; она опустилась рядом со мной на колени, и прежде чем я успел опомниться, она обхватила мою шею руками и припала к моим губам коротким поцелуем. Я услышал ее быстрый вопрос: "любишь?" и шелест удаляющихся юбок. Она исчезла так же внезапно, как и явилась, а я остался перед этажеркой в самой дурацкой позе. Когда я вновь вошел в гостиную, в моих руках вместо энциклопедическая словаря оказался какой-то скотолечебник, и над этим более всех смеялась сама Нина Сергеевна. А меня ее короткий поцелуй окончательно свел с ума. Он походил на укус осы: короток, но памятен. После этого поцелуя между мной и Ниной Сергеевной установились отношения довольно-таки странные. Мы виделись ежедневно, и наша близость простиралась до того, что она по вечерам не раз заходила ко мне на холостую квартиру; мой слуга Карпей, дурковатый деревенский парень 20-ти лет, с флегматичным одутловатым лицом скопца, уже безошибочно узнавал ее звонки. Однако мой курс стоял все еще низко, очень низко. За это время я еще несколько раз был награжден укусом осы. И это все, что я успел завоевать у этой женщины; чем-нибудь большим я не имел права похвастаться. Конечно, такое положение дел порою погружало меня в самое мрачное отчаяние. И вот, однажды вечером Нина Сергеевна пришла ко мне вся расстроенная, чуть ли не в слезах, со следами бессонной ночи на усталом и бледном лице. Я немедля усадил ее в кресло и стал допытываться о причине ее горя. Сначала она как будто колебалась, а затем заговорила. Она начала откуда-то издалека, а затем с умоляющими жестами и сияющими глазами стала просить меня, чтобы я устроил ее мужу перевод в Симбирск; она утверждала, что с моими связями я могу устроить этот перевод в 2 недели, без всякого труда, а между тем это ее спасет чуть ли не от смерти; муж не желает этого перевода, но, если перевод будет выгоден, муж не станет протестовать. А ей этот перевод прямо-таки необходим. В Петербурге ей угрожает опасность. Ей стыдно сознаться, но однажды она дала одному господину какое-то слово, конечно, ради шалости, по легкомыслию, и вот теперь этот человек преследует ее всюду и грозит ей каким-то скандалом. Собственно говоря, она плела ужасную околесицу, но я верил ей безусловно, так как каждое слово, выходившее из ее уст, казалось мне каким-то божественным глаголом. И я сидел против нее бледный и расстроенный ее горем. А она, по-прежнему умоляюще сияя глазами, шептала, что, конечно, я не забуду ее и приеду к ней в Симбирск; она будет мне писать, часто писать, и когда ее муж отправится в обычную командировку, она, мы... Вы понимаете, в какое место она била меня? Немедля, я дал ей клятву признать для себя законом каждый ее жест. Когда она уходила от меня, из ее муфты выпало письмо со штемпелем "Симбирск"; ее щеки внезапно вспыхнули, когда она нагнулась поднять его, а я тотчас же отправился к дядюшке, и через десять дней ее муж был переведен в Симбирск с весьма солидным повышением. А еще через неделю я получил от нее письмо. Мои руки дрожали, когда я рвал конверт, но едва лишь я прочитал первые строки, как на меня пахнуло полярной зимой; в этом письме, кроме пустой болтовни, не было решительно ничего. Затем я получил еще одно такое же письмо, и больше ни звука, ни намека о прежнем, о том поцелуе у этажерки. Я поджидал третьего письма, более теплого и искреннего, и не дождался никакого. Тогда я послал ей всего две строки: "Перевожусь в Олонецкую губернию, к медведям, лесничим", и вскоре после этого письма я уже сидел с моим дурковатым Карпеем в Олонецких дебрях. Петербург стал для меня невыносим. Ведь я же прекрасно понимал, какую роль я только что сыграл там. Ведь ей был нужен этот перевод затем, чтобы быть поближе к нему, к своему возлюбленному. И я любезно устроил ей это. Зачем же я ей теперь? Что ей во мне? Я не имел права сердиться на нее; я это сознавал прекрасно. Ведь я же считал за козявку ее мужа, так почему же она не могла принять за козявку меня? И она воспользовалась мной как козявкой. Вот и все. Тут сердиться было не на что, да я и не сердился, мне только было очень тяжело, почему я и уехал к медведям и стал караулить никому ненужный лес. Впрочем, своим местожительством я был от души доволен. Петербургом тут и не пахло, а это все, что мне было нужно. Мне хотелось переболеть в одиночку.

Рассказчик на минуту умолк, обвел присутствующих взором и продолжал снова:

— Я не скажу, чтобы мое излечение подвигалось вперед слишком успешно. Образ Нины Сергеевны ходил за мной по пятам, и я носился с ним, как с зубной болью. Мне мучительно хотелось знать, как-то она проводит свое время, с кем смеется, вспоминает ли обо мне? Но как я мог увидеть ее? Какими средствами возможно было добиться этого? Однажды я весь день мучился этою мыслью и ходил по кабинету, ломая руки; и в конце концов я нашел способ. Я был уверен, что увижу Нину Сергеевну. Вечером, когда короткий зимний день потух и на небе вышли звезды, я сказал Карпею:

— Сейчас мы пойдем в лес, к озеру.

— Гоже, — отвечал он мне.

Я продолжал:

— Мы сядем у самого озера и будем смотреть.

— Смотреть? — переспросил Карпей.

— Смотреть. И увидим Нину Сергеевну.

— Нину Сергеевну?

— Да; ты не будешь бояться?

— Бояться? Чего ж бояться! — и он неизвестно почему рассмеялся.

Я видел, что этот простак верит мне безусловно, и это меня ободрило.

Впрочем, он и всегда свято верил мне и смотрел на меня, как на высшее существо.

Мы надели полушубки, захватили шестизарядные магазинки и лесом отправились к озеру. Через полчаса ходьбы мы были уже на берегу озера. Его застывшая поверхность, покрытая девственно белым снегом, вся мягко светилась, испуская из своих пор едва заметный, прозрачный пар. Столетние ели унылым венком окружали его и серебряный серп месяца медленно выдвигался из-за темной стены этого венка, бросая на матовую скатерть озера вкрадчивый и лукавый, постоянно колебавшийся свет. Тишина вокруг стояла необычайная, и эта тишина сразу наполнила нас жутким ощущением. Мы опустились на какой-то поваленный ствол, положили на колени наши магазинки, перевели дыхание, насторожились и стали смотреть прямо перед собою. Я сидел и думал. Я часто замечал, что человек имеет способность передавать природе свои настроения, Часто летняя ночь наигрывает нам именно то, чем томится наше сердце, и если нам весело, листья рощ хохочут рядом с нами, как сумасшедшие. И чем напряженнее наше настроение, тем ярче оно воспринимается природою. И я думал, что и теперь озеро может воспринять мои желанья, и оно покажет мне Нину Сергеевну, как пустыня явлением миража показывает жаждущему путнику брызжущий водомет. И я сидел, смотрел на этот вечно колеблющийся свет месяца и весь томился желанием поскорее увидеть ее. Я был уверен, что увижу ее. Мне даже казалось, что среди этого лунного света начинает сгущаться какое-то темное ядро. И я не сводил глаз с этого ядра; я даже совсем забыл о существовали Карпея. И вдруг он ухватил меня за руки и заглянул в мои глаза. Его лицо было неузнаваемо. Оно все было одухотворено какой-то необычайной мыслью, а в его потемневших глазах мерцал ужас. При этом он весь дрожал, как в лихорадке.

— Она, — прошептал он, стуча зубами, — она!

Я снова взглянул туда в полосу лунного света, куда глядели глаза Карпея, и увидел ее. Она была в темном платье, а ее бледное лицо и продолговатые глаза глядели удивительно скорбно.

Карпей, дрожа всем телом, прошептал:

— Пишет.

Я повторил: — Пишет! Так как она действительно писала, я это хорошо видел, писала письмо. Кому? Зачем? И мы глядели на видение, горевшее над озером в лучах лунного света, как в сказочном зеркале. Мы дрожали, как в лихорадке, поглядывая на эту дивную картину, и тихо перешептывались с жестами сумасшедших. Я не знаю, кто проявил это изображение, — я, Карпей или озеро, — но она вырисовывалась перед нами, как живая, до последней пряди волос, до выражения рта, до родинки над верхнею губою. Мы оба дрожали всем телом, не сводили глаз с этой удивительной картины и переговаривались шепотом.

— Тебе пишет-то, — шептал Карпей, трогая меня за локоть полушубка.

— Мне, — кивал я головою и содрогался в плечах.

— Знать любит? — выспрашивал Карпей.

— Любит, — шептал я как во сие.

Внезапно я понял все. Да, теперь она любила меня, именно меня, — потому что я был от нее так далеко, а того, кто был с нею рядом, она уже презирала. Ведь издали мы все много занятнее. Меня точно что ударило по голове, лишив рассудка. Я позабыл, что передо мной мираж, больная мечта, галлюцинация. С воплем, простирая руки, я бросился туда, к ней, к полосе лунного света. А над моей головой один за другим прогремели все шесть выстрелов магазинки. Это стрелял в пространство совершенно обезумевший Карпей. У меня подкосились ноги; я ткнулся лицом в снег. Очнулся я в земской больнице, у доктора, за 50 верст от того места, где я упал. Доктор пожимал мои руки и говорил:

— Езжайте, голубчик, опять в Питер. Вам нужны люди, общество, рассеянная жизнь. Наша глушь вам не по вкусу, и здесь вы рехнетесь точно так же, как рехнулся ваш Карпей. Он совсем безнадежен.

— Карпей сошел с ума, — добавил рассказчик, — его сонный организм всколыхнулся только однажды во всю жизнь, но всколыхнулся до основания. И теперь я подозреваю, что это именно он заставил в ту ночь бредить и меня, и озеро. Может быть, ему помогла в этом святая вера в мои слова, что мы увидим ее.

Кто-то спросил:

— А что же Нина Сергеевна? — действительно ли она полюбила вас?

Рассказчик сердито буркнул:

— Ну, уж это не ваше дело!

И он замолчал, точно ушел в раковину.

ВИНТ С ВЫХОДЯЩИМ

Они сидят у помещицы Мотыгиной, нестарой вдовушки, застигнутые осенним ненастьем в ее доме. Все они ездили днем стрелять русаков в леса Мотыгиной и теперь принуждены заночевать у нее, так как пускаться в путь из них никто не решается. В поле темно, как в трубе. Их, кроме хозяйки, пятеро; и всем смертельно скучно. Гости все сплошь, помещики, завзятые охотники и картежники, каких мало. Но тем не менее, когда хозяйка после чая предлагает им сесть в винт, все наотрез отказываются. Слышатся возгласы:

— Нет, увольте, у меня голова болит!

— Покорно благодарю, я зарок дал!

— Нет, нет, какие тут карты!

Каждый отказывается наотрез и в то же время с недоумением глядит на соседа, который тоже отказывается. Когда же отказ слышится из уст Балуктева, который говорит, что ему противно даже и думать о картах, удивлению присутствующих нет границ. Больше всех удивляется хозяйка Лидия Михайловна.

— Как угодно, — говорит она, — а то бы сыграли? Помните, как вы у меня в прошлом году играли, когда заехали вот также с охоты? С выходящим? Премило играли! Право же, сыграли бы, а то я занимать гостей не умею...

"Но зато занимать у гостей..." — думает Супонин мрачно. А Балуктев при слове "выходящий" мотает головой и сквозь зубы цедит.

— Нет, я и вообще-то карты ненавижу, а уж с выходящим — слуга покорный!

Однако по приказанию Лидии Михайловны в гостиной раскладывают ломберный стол и от этого зрелища лица присутствующих делаются мрачными, точно все они участвовали в ферганских дрязгах и теперь приговорены к повешению. Супонин пробует завязать разговор, но разговор совсем не клеится. Балуктев хочет рассказать эпизод из прошлой охоты и несет околесицу вроде следующей:

— Я иду к опушке; Иван Петрович стоит против меня; я иду, и вдруг Иван Петрович скидывает мне даму треф...

Между тем ломберный стол стоит с раскрытыми объятиями и поджаривает присутствующих на медленном огне. Разговор совсем киснет. Помещик Замшев, славящийся тем, что способен занять какую угодно даму, подсаживается к Лидии Михайловне и говорит:

— Как вам известно, в карты играть я терпеть не могу, но тем не менее сажусь я как-то, позавчера, кажется, у Данилиных. И знаете, какая мне пришла карта?..

В то же время Балуктев подсаживается к Супонину и умоляюще шепчет:

— Супонь, будь друг!

— Что тебе?

— Мы сядем играть вчетвером, а ты откажись, — ведь у тебя голова болит? Так ты не играй и занимай Лидию Михайловну.

Супонин мотает головой.

— Слуга покорный. Ни за какие пряники! Вы будете получать удовольствие, а меня в застенок? Нет, это, милый, совсем не по-товарищески. Это свинство. Если хочешь, я пожалуй, соглашусь с выходящим, была ни была, где мое не пропадало!

— Нет, с выходящим, я ни за что, — вздыхает Балуктев. — Это, ведь, невозможно, каждый год! Я, ведь, не обязан! У меня, все-таки, хоть, и не большая, но семья-с!

Он разводит руками и через минуту с грустью на всем лице спрашивает Супонина:

— Ты рожь продал?

— Продал.

— Хорошо родилась?

— Так себе.

— А просо?

— Сам восемь.

— А трефы?.. Тьфу, чёрт возьми, — отплевывается он.

Разговор киснет все больше и больше. Лица присутствующих вытягиваются, худеют, стареют, и вся гостиная превращается в клуб для самоубийц. Ужин тянется до невозможности вяло; гости без вкуса едят, без вкуса пьют, и уходят спать в отведенные им комнаты на мезонин, угрюмые как факельщики. На мезонине, лишь только они остаются одни, все набрасываются на Балуктева.

— Ты почему играть не хотел? Что с тобой? Неужто ты в самом деле зарок дал?

Балуктев глядит на всех со злобой.

— Почему-с? — шипит он. — Потому что я с выходящим играть не желаю-с. У меня, господа, семья-с. Я бросать по 50 рублей на ветер не желаю-с! Вы помните нашу прошлогоднюю игру у Лидии Михайловны? Я было не хотел говорить, да уж чёрт с ней! Помните? Ведь мы играли в гостиной, так-с? С выходящим, да? А Лидия Михайловна сидела в угловой, верно? Так вот, когда я был выходящим, она меня и зовет; вы, говорит, свободны, так идите ко мне. Ну, я сдуру и пошел, а она, — та-та-та, та-та та, вышла кошка за кота, — погода скверная, дожди, у меня все клади пролило...

— Ну? — слышится чей-то вопрос.

— Ну, и спросила у меня взаймы 50 рублей, и я был таким болваном, что дал!

— Ах, чёрт возьми, — восклицает Супонин, — она, ведь, и у меня в тот раз 50 рублей взяла!

— Ну?

— Право слово. И тоже, когда я выходящим был. У меня, говорит, горох в поле под снегом остался; убрать, говорит, не поспела. Я, ведь, только поэтому и играть не хотел; опять, думаю спросит! Ну, жох! — добавляет он.

— Она и у меня в тот раз взяла, — хохочет Замшев.

— Ну?

— Клянусь я первым днем творенья! Тоже 50 рублей. Когда я выходящим был. У меня, говорит, что-то скотинка скучная, боюсь, говорит, как бы сибирка не открылась.

— И у меня!

— И у меня!

Оказывается, с каждого выходящего было взято по 50 рублей, почему в этот раз никто играть не отважился. А так как играть всем хотелось до смертушки, то все единогласно решают сойти потихоньку вниз, взять в гостиной карты и резаться в мезонине вплоть до зари; конечно, с выходящим. Принести карты вызывается Балуктев. И вот он осторожно пробирается в гостиную. Но едва он успевает запрятать в карманы две колоды карт, как в гостиную входит Лидия Михайловна и с недоумением смотрит на Балуктева.

Тот ежится и говорит:

— А ведь я за картами, Лидия Михайловна. Мои-то олухи, ведь играть, хотят. Отказывались, отказывались, а теперь вот нате, подите!

Лидия Михайловна опускается на диван.

— Так, вы бы их сюда звали. А то мне скучно. Я даже и спать не ложилась еще.

— Да ведь они разделись, скоты, — разводит Балуктев руками и думает: "Пропал. Зарезан. Опять 50 рублей припасай".

— Какая скука, — между тем, говорит Лидия Михайловна и добавляет: — Чего же вы не садитесь, Андрей Петрович?

Балуктев садится. "Пропал! Зарезан!" — думает он.

— Погода скверная, дожди... — начинает было Лидия Михайловна, но Балуктев ее перебивает:

— Неужто у вас опять клади пролило, Лидия Михайловна? — с раздражением, восклицает он. — Стало быть, у вас опять та же история, что и в прошлом году? Значит, у вас их класть не умеют! Вот что! Гоните вы своих кладельщиков к чёрту, в шею! Я на будущий год вам своих кладельщиков пришлю.

— Да я за свои клади и не боюсь совсем; я их нынче старой соломой укрыла.

— Укрыли? — восклицает Балуктев. — Вот умно, голубушка. Так и нужно делать. А горох вы, родная, поспели убрать?

— Поспела.

— Умница; дайте я вам ручку за это поцелую. Право, умница. Золотая головка. Прелесть. А скотинка как у вас? Вся ли здорова? Кушает хорошо ли? Весела ли?

— И скотинка у меня вся здорова.

— Слава Богу, слава Богу, — повторяет Балуктев. — Умница! Прелесть! Великолепие!

Он на минуту задумывается и вдруг восклицает:

— А знаете что? Ведь эти олухи, пожалуй, сейчас оденутся и вниз сойдут, в карты дуться! Вам ведь, волшебница, спать-то еще не хочется?

— Пожалуйста, пожалуйста, буду рада!

— Мерси! Сильфида! Божество!

Балуктев вбегает на мезонин и скороговоркой трещит:

— Пожалуйте, господа! Пожалте вниз играть с выходящим, У Лидии Михайловны нынче все благополучно; клади не проливает горох с поля убран и скотина вся, слава Богу, весела и здорова, чего и вам желает, — ура!

ЧЕЛОВЕК, КОТОРОМУ 1900 ЛЕТ

Эти странные записки попали в мои руки случайно. Откуда, как, — не все ли это равно? Вот эти записки:

* * *

...Мне 1900 лет. 1900 лет! 1900 лет позора, ужасов, тьмы. И только одно светлое, бесконечно чистое видение за все 1900 лет! 1900 лет — сколько воспоминаний... О, моя голова разрывается под их ужасным прибоем! Вы слышите свирепый вой урагана? Это мои воспоминания.

> Радуйся, Царь иудейский!
> Князь не от мира сего!
> Исторгший копье из рук мира!
> Ты, рожденный в яслях!..

Кто это поет? Это поют мои воспоминания. Ага, вы меня узнали! Вы узнали священные буквы "S.P.Q.R." на моем значке? Да! Я римский легионер. Я копье мира,

Исторгший копье из рук мира!

Но вы зовете меня жалким безумцем. За что? Почему? Впрочем, я не оспариваю вас. Я был таким же человеком, как и вы, и не сидел, как сижу теперь, в этой проклятой келье. У меня были дети, жена, мать. Но в ту минуту, как я внезапно вспомнил все ужасы прожитых мною 1900 лет, — в ту минуту, быть может, мой мозг затмился. И это мешает ясности моих воспоминаний. Но все же самые ужасные моменты вырисовываются в моей памяти с удивительной выпуклостью! Хотите, я расскажу вам кое-что? Но кто же такой я? Чем я был до того момента, в который я возродился, под наплывом воспоминаний, в римского легионера? Слушайте, слушайте!

* * *

По происхождению, со стороны отца, я — русский. Но моя бабушка со стороны матери принадлежала к древнейшей итальянской фамилии, впрочем, совершенно обрусевшей. Мы все знали об этом. И мы все знали о том, что среди многочисленных членов этой древней фамилии иные были рождены с красным пятном на горле, несколько ниже и левее кадыка. Клеймились этим ужасным клеймом цвета запекшейся крови только мальчики, и притом один из каждого поколения. И судьба всех этих клейменных всегда была совершенно одинакова. Они кончали су-ма-сше-стви-ем?

Религиозным сумасшествием. Почему сумасшествием? Почему религиозным? Может быть, и их мозг не выдерживал свирепого прибоя воспоминаний?

Я родился с таким же точно пятном на горле. Можете себе представить, как чувствовала себя моя мать, увидев проклятое клеймо на моей тоненькой шейке? А моя жена? А я? Когда мы случайно узнали об этом, читая вместе дневник бабушки?

Я был всегда несколько нервозен, угрюм, нелюдим, а прочитав ужасные строки дневника, я совершенно замкнулся в самого себя. Так улитка запирается в свою скорлупу, чувствуя приближение врага. Весь образ моей жизни изменился.

Почему сумасшествием? Почему религиозным? Эти два вопроса вечно ходили за мною по пятам, как два выходца с того света, длинные, длинные, упираясь головою в небо, А по ночам они стояли у моей постели, как часовые!

А-а, что это были за муки!

Часто, расстегнув перед зеркалом ворот, я стоял неподвижно по нескольку часов сряду, разглядывая мое клеймо. Я пытался разгадать загадку. Я думал. На что оно похоже? Откуда оно? И вот однажды, когда я стоял вот именно в такой позе перед зеркалом, меня внезапно точно что кольнуло. Я сообразил. Это пятно — не пятно. Это рана, смертельная рана. Это удар копья! Какого копья? Зачем? Я чуть не вскрикнул. Завеса упала с моих глаз. Воспоминания хлынули в мою голову, как волны, разрушившие плотину.

Стены дома с треском взметнулись вверх, и меня ослепил свет. Я понял все.

Это не пятно. Это удар копья. Я ударил себя копьем сам. А перед этим я сломил о мое колено его древко, как ненужное. Да! А раньше, что было раньше? Раньше я бежал и кричал. Да, да, да! Я это хорошо помню! Что кричал? Внезапно я со всех ног бросился туда, вниз, в комнаты жены, и громко кричал, как тогда:

— Он воскрес! Он воскрес!

И за это меня привели сюда. Они не поверили мне. Они не поверили, что я видел Воскресшего, Его — рожденного в яслях. А я видел Его, я видел чистейшую слезу, перед которой все 1900 лет всемирной истории — позор и ужас. Отчего же вы не хотите верить мне? Я видел Его, видел, видел! И я уже тогда предчувствовал, что мне не увидать во веки более Чистейшего Источника, более святейшей слезы, хоть бы мне было предназначено прожить миллиарды лет. И поэтому я заколол себя в ту ночь. И может быть, мне воистину предназначено прожить миллиарды лет, чтоб время от времени громко свидетельствовать миру:

— Более Чистейшего Источника нет и не было, и не будет!

* * *

Впрочем, как произошло все это? Когда я увидел Его впервые? Где? Я был римским легионером. Это так. А потом? Позвольте, позвольте! Дайте мне несколько сосредоточиться. Вот так. Слушайте же меня!

Мы шли глубокой долиной Кедрона. Было жарко, солнце низвергало на нас целые потоки зноя, и, беседуя по дороге, мы старались попадать в тень маслин. Задумчиво я глядел вперед. Ворота города были уже недалеко, и золотые плиты храма резко сверкали в наши глаза. Мы беседовали. Бронзовый от загара фракиец говорил мне о Нем, рожденном в яслях. Фракиец говорил, что Он пришел исторгнуть копье из рук мира. Он описывал мне Его наружность и утверждал, что с Его лица льется свет святой скорби и кротости. Он называл Его — Истиной. Я и прежде слышал о Нем и о Его чудесах, и теперь мое сердце охватывало непонятное волнение. Я думал. Каким образом Он вырвет копье из рук мира? Ужели Он сильнее цезаря? Как можно победить зло кротостью? Ведь это невозможно, невозможно! Кротость жертвы всегда лишь удесятеряет ярость борца. Как воин, я хорошо знал об этом. И я бодро нес теперь мой значок, сознавая исполинскую силу этого оружия. Я верил только в его ужасную силу. И вдруг фракиец толкнул меня в плечо. Кажется, он прошептал мне: Он! Я всколыхнулся. Из ворот города, на встречу к нам, быстро подвигались люди. Я взглянул туда. И я сразу признал среди них Его — Царя Кротости. Он шел, точно не касаясь земли, и что-то говорил окружавшим Его, и те жадно глядели на ступни Его ног. Он был в длинной рубахе без швов, в коротком коричневом плаще. Волны Его волос, цвета ореха, были покрыты у темени белою шапочкой. Я глядел на Него в смятении. И внезапно мое сердце наполнила злоба. Можно ли покорить силу бессилием? Я гордо поднял мой значок с изображением орла и священных букв "S.P.Q.R" как символ

117

действительной силы, и притом мне хотелось оскорбить этого пророка, как иудея. Злая улыбка дергала мои губы. Он прошел мимо меня и мельком оглядел и меня, и мой значок; Он точно принял вызов. Лучи святой скорби и кротости облили меня с головы до ног. Моя рука заколебалась. Я выронил мой значок. Но я не дал, однако, священным буквам коснуться праха и подхватил мой значок на пол-локтя от земли. Между тем, Он удалялся. Фракиец с вспыхнувшим лицом, в диком восторге глядел Ему вслед, и, бешено потрясая копьем, громко кричал:

— Здравствуй, Царь истины!

Он не оборачивался. Кто же Он, однако, если один мимолетный взгляд Его глаз повергает орды цезаря?

Я стоял потрясенный.

* * *

Была ночь. Я знал, что Его схватят, чтобы предать суду. Но позволит ли Он? Вот вопрос. Ведь Он силен, этот чудотворец, исцеливший дочь сотника Иаира. Я ждал в эту ночь чудес и бродил по узким улицам темного города в странном смятении.

Я точно поджидал чего-то. Когда я проходил мимо одного дома, я увидел людей, сопровождавших Его тогда, в момент первой моей встречи с Ним. Но Его не было уже среди них. Они выходили из дому и скорбно пели:

Сильно толкнули меня, чтоб я упал,
Но Господь поддержал меня.
Господь сила моя и песнь!

Господь — сила! И Его они называют Господом. Ясно, что воинство ангелов придет к Нему на помощь и не даст одолеть злу Его святой кротости. Я ждал чудес. Но чудес не произошло.

Я видел, как Его провели связанного во двор Каиафы. И великий храм Отца Его безмолвствовал. Гроздья золотого винограда на его мраморных столбах оставались неподвижны. Ни одна звезда не шевельнулась в небе. А Его били палками, как последнего разбойника, в этом дворе Каиафы! Из-за спин яростно кричавших людей, среди дыма костров и гула, я жадно следил за Ним, завернувшись в плащ. Ни единый укор не вырвался из Его уст. Мое сердце переполнилось злобой. Внезапно я ринулся к Нему сквозь толпу. Я говорил Ему, что надо призвать с неба хоть одного ангела в свою защиту. О, тогда бы и я обнажил во имя Его мой меч. И я был готов вырезать этим мечом полмира, чтобы уберечь Его, как лучшей цвет неба. Я кричал Ему: Зови же ангела! Ведь Ты можешь, можешь!

Он не отвечал мне ни звуком. Он хочет так.

Холодный рассвет подул мне в лицо. А утром Его поволокли с веревкою на шее по мосту через долину Тарпеон ко дворцу Ирода-Антипы. Толпа ревела. Его кротость удесятеряла ярость народа. Я вернулся к себе, качаясь на ногах. Кто-то дал мне горсть изюма и фиников. Я жадно съел все и тотчас же уснул, повалившись на пол.

* * *

Весь тот ужасный путь от дворца Пилата до лобообразного холма я помню словно в тумане.

— Готовь крест! — этот крик, ударивший меня по сердцу ударом меча, делает мои воспоминания ясными. — Готовь крест! Толпа взвыла и отхлынула от подножья холма, как взбешенное море. Его схватили за плечи и распластали на этом несуразном и тяжелом кресте, наскоро сколоченном из сикоморы. Он не сопротивлялся. Нет, больше того: Он молился за них. Однако, что же это такое? Что же сломит Его кротость? Ужели ей нет предела?

Кто-то сунул в мои руки молоть и гвоздь. Я медлил, но Он Сам протянул мне Свою руку. Гвоздь жег мою ладонь; я все еще медлил. Горячий туман наполнял мою голову. И вдруг я весь подался к Нему и зашептал дрогнувшими губами. Я вновь говорил Ему. Пусть же он позовет на помощь хоть одного ангела, и тогда мы вырежем, растопчем, рассеем весь этот жестокий сброд, чтоб сохранить Его, как Царя Царей. Я ждал в напряжении. Он молчал. За моей спиной кто-то дико крикнул:

— Да что ж ты собака!

Я перевел дыхание. Он так хочет! В последний раз я шепнул Ему: Зови же ангелов! Ответа не последовало.

Я так высоко взмахнул моим молотком, что задел им шлем сзади стоявшего.

Гвоздь вошел в мое сердце.

Его губы шевельнулись. Он молился за меня. О-о, чья голова не разорвется от таких воспоминаний! Слегка покачиваясь, крест медленно приподнимался над лобообразной выпуклостью холма. Толпа вновь взвыла и вновь отхлынула от его подножья, как море под напором бури.

Небо запрыгало в моих глазах. Я упал.

* * *

119

Сколько ночей я не спал, — одну? две? — я не помню. Но ту памятную ночь я провел без сна, скитаясь в диком смятении в саду у гробницы, где покоилось Его тело. Я прятался в тени гранат, и, вдыхая горький запах лавр, я дрожал, как избитая собака. Мне припоминалось:

— Сильно толкнули меня, чтоб я упал... И я прятался от этих слов, как от кнута. Часы сменялись часами. Ночь была свежая. Ветер порою рвал вершину сада, и сад содрогался в ужасе. И месяц в страхе зарывался в тучи, как робкий еж в опавшую листву леса.

* * *

И вдруг сильный удар вихря с грохотом прошел по саду и, потрясши всю землю до основания, стих. Стража, стоявшая у гробницы, попадала в ужасе. И тучи, стоявшие в небе, как орды варваров, разорвались на две половины и шарахнулись в обе стороны, как испуганные стада. Я лежал, извиваясь, как червь. И среди невозмутимой тишины и ослепительного света я увидел Воскресшего в красоте нетленной. Его тело светилось, как лунный свет. И я увидел в небе несметные легионы ангельского воинства, приветствовавшие Своего Небесного Цезаря. И светлый взор Воскресшего нашел меня, прятавшегося в кустах, и сказал мне: — Радуйся!

И восторг пронизал сердце мое, как свет пронизывает тьму.

Внезапно я побежал туда, к спавшему в тумане городу, и громко кричал:

— Он воскрес, Он воскрес! И золотые плиты храма Его Отца резали мои глаза ослепительным светом и радостью. В моих глазах все прыгало.

И в диком безумии я сломал о колено древко моего копья, как ненужное, и вонзил его лезвие в мое горло, чтобы не жить более. Вот все, что я помню.

А теперь я хочу пропеть вам мою любимую песенку.

> Радуйся Царь Иудейский,
> Князь не от мира сего!
> Исторгший копье из рук мира!
> Ты, рожденный в яслях,
> Битый, как последний разбойник,
> Во дворах Каиафы и Ирода!
> Умерший на кресте
> И воскресший в красоте нетленной!
> Радуйся Царь Иудейский!

120

НАСЛЕДСТВЕННОСТЬ

В гостиной шел оживленный разговор. Товарищ прокурора очень долго, умно и мило говорил о наследственности. По его выходило, что как тут не вертись, а сын пьяницы будет пьяницей, дочь прелюбодея — прелюбодейкой и т. д. И что тут ничего не поделаешь.

Он ссылался на авторитеты, и слушатели точно мед пили. Казалось, они были рады, что все так мило, просто и хорошо, а главное — тому, что можно спокойно сложить руки перед этим величественным законом природы.

Только учитель математики попробовал было возразить оратору и возразил, как всем это показалось, совсем неудачно. Совершенно внезапно он обратился к товарищу прокурора с вопросом:

— Так по вашему Христос напрасно сказал прелюбодейке "иди и не греши", не справившись сначала у нее, кто были ее папаша и мамаша?

На это замечание оратор ничего не ответил; он только облил математика насмешливым взглядом и продолжал свою речь. И когда он стал ссылаться на статистику и цифры, математик снова ввернул свое слово:

— Ну, положим, — сказал он, — ваши цифры ничего не доказывают. По вашему они доказывают закон природы, а по моему лишь то, что на детскую душу никто не дышал любовно.

Но и на этот раз его не удостоили ответом, Вскоре товарищ прокурора замолчал при общем одобрении, и тогда стал говорить математик.

— Вот видите ли, господа, — сказал он, — я должен сознаться; я возражал моему предшественнику зря, с бухты-барахты, ради празднословия. Я сам глубоко верю в наследственность, именно в ту самую наследственность, о которой говорит господин прокурор. Я свято верю, что детвора, рожденная порочными родителями, наследует от них вместе с кривым носом и все пороки. Невинные и страдальческие глазенки этой мелкоты лгут самым наглым образом, и на самом деле, сще не умея говорить, эти детишки уже замышляют чудовищные преступления; уже в детских люльках они обдумывают планы, как бы им провести со временем всех прокуроров всего света; уже в детском возрасте, взирая на горе, нужду и позор своих родителей, они не плачут, не страдают — эти крошки, брошенные в клоаку и принужденные волей-неволей брать из нее все соки, потому что кругом навоз, один только навоз; они не плачут и не страдают, о, нет! они — "демонически хохочут" и злоумышляют! Господин прокурор прав, тут уж ничего не поделаешь, и я бы рекомендовал ему применять к ним способ толкания с тарпейской скалы. И просто, и дешево, и... и, пожалуй, модно! Учитель сделал паузу и продолжал:

— Наследственность, — о, это великая сила! Она тяготеет над нами, как фатум, как суть всего сущего. Наследственностью можно объяснить все: пьянство, крах банка, насморк, крушение поездов, измену женщины, мотовство, лихоимство, землетрясение в Лиссабоне. Во всем наследственность и наследственность! Наследственность в нашей вялости и апатии, в разврате, в толстой губе, в семейных неурядицах, в панамском перешейке, в торричеллиевой пустоте! О, над этим стоит подумать! Как увидишь, какие тонкие черточки, какие мельчайшие атомы передаются нам путем наследственности, так только разводишь руками да качаешь головой. Моя мать, например, любила моего отца, и я любил моего отца. Отец моей знакомой всегда звал свою жену, а ее мать, не иначе как (извините за выражение) "кобылой", и моя знакомая еще ребенком звала ее точно также. И ведь, пожалуй, даже не ошибалась. Мой отец любил пить чай, ходя из угла в угол по комнате и с папиросой, и я теперь пью чай таким же образом. И когда я был ребенком и пил молоко, я ходил точно также из угла в угол вслед за отцом и даже делал вид, что курю папиросу. Вы скажете, здесь детская переимчивость, подражательность, привычка, воспитание, а я скажу наследственность, и попробуйте-ка меня столкнуть! Вы скажете, что путем наследственности может передаться чахоточное легкое, так как здесь микроб, а благоприобретенный, например, геморрой не передается. А я скажу: нет, передается! Я знаю человека, который, прослужив 25 лет казначеем, приобрел плохой домишко и хороший геморрой, и его сын, прослужив 25 лет казначеем, тоже приобрел плохой домишко и хороший геморрой. Вы скажете, здесь причиной одинаковые занятия, а я скажу наследственность и подберу 5000 примеров и целую статистику состряпаю. Впрочем, все это шутки, а вот сейчас я расскажу вам самый удивительный, самый необычайный пример наследственности, жертвой которого были великолепнейшая женщина и я — студент третьего курса математического факультета. Прошу внимания!

122

Учитель на минуту замолчал от волнения и, передохнув, продолжал снова среди невозмутимой тишины.

— Это было пятнадцать лет тому назад, — начал он снова, — нет, виноват, — семнадцать. Был я в то время студентом третьего курса и жил в Новой Деревне в немецкой семье. Только-с, познакомился я случайно с молодой вдовушкой Лидией Павловной, прехорошенькой брюнеткой и такой веселой, что как только, бывало, на нее взглянешь, так тебе танцевать и захочется. Чудная была женщина! Познакомили меня с ней, как сейчас помню, 17 июля, а 25-го я перед ней на коленях стоял, плакал слезами горькими и о любви своей говорил. И порешили мы тут же с нею повенчаться, как только я курс кончу, а до этого времени ждать терпеливо и даже не целоваться, а только видеться. Я про себя думал подразвить ее немножко за это время, так как она даже бином Ньютона плохо знала, и это меня огорчало. Виделись мы с ней каждый день; и был у нас знак условный; как мне, бывало, захочется ее повидать, так я сейчас в своем мезонинчике на балкон выйду и запою "Выдь на Волгу, чей стон раздается". А голос у меня в то время хороший был, и пел я недурно. И не успею я допеть, бывало, до "Стонет он по полям, по дорогам", как она уж мимо нашего садика идет и глазками сияет; а я к ней выскакиваю, и на прогулку идем. А по дороге, бывало, спор заведем, можно ли пользуясь теорией вероятностей, доказать существование на Марсе жителей; а потом я ей лекции по алгебре читаю. Итак, бывало, время проведем, что просто чудо. Счастлив я был до глупости. И вдруг все это точно оборвало чем. Перестала ко мне ходить Лидия Павловна, а я к ней пойду, — меня не принимают, А между тем ей еще страниц сорок до бинома-то Ньютонова оставалось! Пел я с утра до ночи "Выдь на Волгу" и только понапрасну собак дразнил; не приходила больше ко мне Лидия Павловна! Расхандрился я совсем, от пенья осип даже и стал я потихоньку за Лидией Павловной наблюдать. И выдался вечер такой; слонялся я, как помешанный, возле ее дачи и вдруг вижу неподалеку, капитан пехотный на балкон вышел. Рожа преотвратительная, рябой, как решето, и нос кривой. Только, вышел капитан на балкон и запел сигнал для построения третьей роты, — знаете, как его солдаты поют:

Третья рота, третья рота,
Отрубили кошке хвост!

И не успел он два раза сигнал этот пропеть, смотрю Лидия Павловна шмыг мимо его сада, а капитан тотчас же к ней, и под ручку на прогулку отправились; а по дороге, слышу, разговор завели, где служба интересней в пехоте или в интендантстве? А я как стоял, так и грохнулся середи дороги, даже полон рот песку набрал. А потом еле-еле к себе домой приплелся и за водкой послал. Целую неделю я водку глушил и каждый день видел, как капитан этот на балкон выходил, "Третья рота, третья рота" пел, а Лидия Павловна мимо его садика бегала. Бежит, бывало, точно ее толкает кто, точно ее ветром несет, и в лице даже серьезность какая-то, точно она не на свиданье бежит, а долг свой служебный исполняет. А в сентябре и замуж за него вышла, небось и до сей поры бинома Ньютона не знает! Думал я, думал, как такая чудная женщина к такой рябой форме на такую гнусную песню бегала, — думал и ничего не понимал. И только лет десять тому назад понял. Узнал я в это время родословную Лидии, Павловны, да тут как раз и о наследственности этой самой шибко заговорили. Сообразил я все это, и у меня словно глаза открылись. И понял я тут все! У Лидии-то Павловны, оказывается, дедушка военным был и пятнадцать лет в третьей роте штык-юнкером верой и правдой прослужил! Узнал я это и даже пожалел ее. Бедная, бедная женщина! Ведь это не она на свиданье бегала, это в ней атомы ее дедушки по сигналу на построение третьей роты маршировали! То-то у нее и личико такое серьезное в то время было!

Учитель вздохнул и добавил:

— Да, наследственность — это могучая сила! Она мне и пьянство мое тогдашнее объяснила. Как оказывается, близкий друг родного дяди сводной сестры моей кузины был в свое время женат на родной внучке двоюродного брата запойного пьяницы! Ларчик-то ведь просто открывался!..

ЧЕРНЫЙ АНГЕЛ

Когда молодые наследники некогда весьма богатого имения при селе Даниловка распродавали всю обстановку доставшегося им старого дома, я закупил на этом аукционе несколько нужных мне книг. Среди страниц одной из этих тяжеловесных книг я нашел рукопись в один лист синей и толстой бумаги сложенной в четвертушку. Тетрадочка эта заключала в себе, как оказалось, целый рукописный рассказ на французском языке.

Вот перевод этой рукописи:

Я положительно сходил с ума от горя, когда умерла она, эта милая белокурая девушка, моя кроткая невеста. Мы были уже помолвлены и обручены с нею; мы так любили друг друга, и по вечерам, когда лиловые пятна зари сверкали на ветках сада, как сказочные птицы, мы часто гуляли с нею, мечтая о совместной жизни. И весь сад точно улыбался нашим мечтам.

Кто же взял ее от меня? Зачем? За что?

О, мне никогда не забыть этой милой девушки, мне не забыть скорбной улыбки ее целомудренных губ, ее детски чистых глаз, всей ее фигуры, тонкой и мечтательно-нежной.

За что же ее обезобразили так перед смертью?

Она была вся самоотвержение. И она умерла от оспы, заразившись ею в какой-то бедной хате их деревушки.

Она ухаживала там за больными ребятишками. Туда, к этим ребяткам, ее толкнули самоотверженность и любовь, та любовь, которая написана золотыми буквами Евангелия; так кто же осмелился осудить ее за этот подвиг на смерть? Кто же дерзнул так ужасно надругаться над нею, обезобразив перед смертью ее милое личико до неузнаваемости? Ведь ее когда-то ясное личико казалось одною сплошной болячкой с язвами вместо глаз, в ту минуту, когда она лежала уже в гробу,

Кто же сделал это? Как он смел? Где высшая справедливость?

Подлость, ничтожество, трусость, все эти пресмыкающаяся гадины блаженствуют в счастье и довольстве, а самоотверженность, любовь к ближним, целомудрие осуждаются на смерть, на позорную казнь, как преступники! Кем? Стоит ли жить среди таких законов, среди такого мира?

Эти вопросы жгли меня на медленном огне, и я хотел разбить себе череп в первый же момент после ее ужасной казни, но что-то властно остановило меня в моих намерениях,

125

как дыхание мороза останавливает разбег ручья. И я остался жить. Для чего? Порою я даже как будто знал для чего именно. Я словно искал случая отмстить кому-то жестокой и дикой местью, и я весь содрогался заранее в блаженных судорогах, предвкушая все восторги моей мести. Кому же я хотел мстить?

Я со слезами вымолил ее обезображенное тело у ее родных, и они после долгих колебаний уступили его мне, ибо я имел на него право, как обрученный с покойною на жизнь и смерть. И я предал ее прах земле в моем саду, устроив ей могилу между двух вековых вязов, которые должны были отныне оберегать ее покой, как два угрюмых стража.

Спи же, моя невеста, с миром; я бодрствую за тебя!

И они остались одни у ее могилы — эти два угрюмых и молчаливых сторожа, одряхлевших в борьбе с непогодою. А я уехал, немедля. Чтоб осуществить мою идею, я не мог мешкать.

Я отправился на поиски талантливого скульптора, который сумел бы понять и прочувствовать эти ужасные муки, терзавшие мое сердце день и ночь.

В конце концов я нашел-таки его.

И вот в моем унылом саду между двух вязов внезапно вырос мрачный памятник, дикий и оригинальный.

В самом деле памятник этот быль весьма своеобразен. Весь высеченный из черного мрамора, он представлял собою черную скалу с черною же фигурой коленопреклоненного ангела на ее вершине. Ангел этот, весь словно согбенный под непосильною ношей, придерживал одною рукой высоко вздымавшийся и слегка наклоненный назад черный крест, будто показывая небу выпуклую надпись из крупных золотых букв.

Когда я наконец увидел этого мстительного ангела, полного тоски и печали, и когда я наконец прочитал эту мною же сочиненную дикую надпись, я задрожал от восторга.

Вот что изображала эта надпись:

Она умерла в муках,
Обезображенная, о Господи, смертью
За то, что спасала других!
    г. 1831. Сент. 12.

И мрачный ангел остался в моем саду, как желанный, давно поджидаемый гость. А я ежеминутно читал его дерзкую надпись и изучил все ее 78 букв и цифр, как свои пять пальцев. Я разговаривал с этими знаками, как с моими лучшими друзьями, по целым часам, я любовался ими, молился на них, потому что они одни остались в моем опустошенном сердце.

И только они одни насыщали мою жажду.

Так проходили дни за днями. Ангел упрямо показывал небу свою надпись, точно желая раздражить небо. И как будто это удавалось ему изредка.

По крайней мере в часы непогоды небо низвергало на мой памятник целые водопады дождя, точно желая смыть дерзкую надпись всю без остатка, а в бурю старые вязы колотили по кресту своими тяжелыми ветвями, как дубинами, — пытаясь превратить весь памятник в порошок. И весь сад точно вставал на дыбы в бешенстве. Но мой ангел оставался несокрушимым, могучий своими мученьями. Он выходил победителем из этих ужасных битв. И я торжествовал, наблюдая за ходом этих сражений из окна моего кабинета, и хохотал, как в истерике, катаясь по дивану. Я был счастлив.

Однако, все мои соседи восстали на меня, находя мой памятник богохульным. Однажды ко мне заехал даже капитан-исправник, вежливо приглашая меня убрать мой памятник и заменить его новым.

Я оставался непреклонен, и капитан-исправник вышел из моей комнаты, пятясь к дверям спиною, точно он выходил из клетки дикого зверя. Благодаря моим связям и деньгам, я отстоял моего Черного Ангела.

И он остался стоять в моем саду, между двух вязов, чернея мрачным пятном на фоне серого неба. Его дикие схватки с небом продолжались по-прежнему. И по-прежнему он выходил из них победителем. Битвы эти всегда отличались жестокостью, но в ночь под первое после смерти моей невесты Рождество бешенство обеих враждовавших сторон достигло крайнего напряжения. Весь обындевевший сад встал на дыбы, как взмыленная лошадь, напоры ветра свирепо свистели в воздухе, и вязы в диком ожесточении били по моему памятнику своими тяжелыми дубинами. Звуки этих резких ударов походили на выстрелы. Так продолжалось несколько часов, но к полночи все внезапно успокоилось. Ветер стих, сад словно замер в оцепенении, и небо со светлой улыбкой распростерлось над успокоенной землею,

Опасения за целость моего памятника внезапно всколыхнулись в моем сердце.

Опрометью я бросился в сад. Мои предчувствия однако не оправдались. Черный ангел стоял, как и всегда, мрачно чернея среди тихо сияющей ночи все в той же позе, все такой же

127

согбенный, словно он нес на своей спине все мучения земли. И он чернел между двух вязов, как нелепая укоризна.

А вокруг было так хорошо. Ночь светилась в сказочной красоте, сад стоял оцепенелый и по всей его белой поверхности мигали радостные огни. Я стоял и думал о той опочившей девушке. За что ж вы умертвили ее? Ужели самоотверженность и любовь всегда обрекаются на смерть в этом мире?

И в то же время я продолжал внимательно оглядывать памятник. Я взглянул на крест. Внезапно мое сердце захолонуло. Здесь я нашел повреждения и повреждения довольно значительный. Из всех 78-ми букв и цифр моей дикой подписи уцелели только 16; остальные же были уничтожены без остатка, без всякого намека на их существование. Очевидно, тяжелые дубины освирепевших вязов сделали-таки свое дело. И я оплакивал гибель этих букв и цифр, как смерть моих любимейших братьев. А оставшиеся сверкали в лунном свете, как огненные. Вот в каком порядке уцелели эти 16:

```
е ва
 н г о т
 л у
 г. 13  С т 12
```

Я долго стоял и смотрел на эту сверкающую на черном мраморе креста надпись, стараясь постичь ее тайный смысл. Дикие мысли кружили мою голову. Может быть в этих строках заключается ответ на мои муки?

Я стоял в свете месяца среди притихшей и словно насторожившейся ночи и, читая все эти уцелевшие буквы одною строкой, я повторял, как в полусне:

— Еванготлу г. 13 ст. 12.

Что же это может означать?

Я старательно напрягал все мое воображение. Я чуть не вскрикнул. Внезапно я прочитал:

"Еванг. от. Лу г. 13, ст. 12. То есть: Евангелие от Луки, глава 13, стих 12".

Мне ответили! Я со всех ног, как сумасшедший, бросился в кабинет. Со спертым дыханием я сорвал с моей этажерки Евангелие и стал перелистывать его давно нечитанные мною страницы прыгающими от волнения пальцами.

Наконец я нашел то, что мне было нужно. Евангелие от Луки, гл. 13, ст. 12. Вот этот стих:

Иисус, увидев ее, подозвал и сказал ей:
женщина, ты освобождаешься от недуга твоего!

Я понял все. Он увидел ее и подозвал! Что же это такое? Земная жизнь — недуг? Тело — недуг? Да?

Буквы Евангелия затмились в моих глазах. Я повалился у стола в беспамятстве...

ЛЕБЕДИНАЯ ПЕСНЯ

Сказка

Это был очень большой и совершенно запущенный сад. Кусты цветущей сирени, жимолости и калины разрослись здесь на свободе, без призора, чередуясь с белыми колоннами берез, зелеными стволами осин и коричневыми липами. Садовые дорожки заросли травою; у подгнившего плетня щетинился жесткий бурьян, откуда выползали в полдень погреться на солнышке серые, с злыми глазами гадюки и ленивые ужи с золотыми венчиками на приплюснутых головах.

Посреди сада лежало озеро, тихое и глубокое, с заросшими камышом берегами. У берега неподвижно стояла полузатопленная лодка. Дальше, в углу сада, чернел разрушенный домишко с размытыми дождем трубами и подгнившими крыльцами. Стекла его окон получили крапины фиолетового, зеленого и коричневого цвета, а ставни висели на ржавых петлях серые и дуплистые. Был вечер, какой-то особенный розовый вечер. Огненные тучи, закрывавшие на закате солнце, поглощали его золотые лучи, превращали их в розовые и осыпали ими весь сад. Можно было подумать, что сад стоял в красном зареве пожара.

На деревьях и кустах сада чирикали птицы. Первой отозвалась ласточка. Она только что проглотила несколько мошек и сидела на березовой ветке, опрятно вычищая свой клюв. Затем она сверкнула черными, как бисер, глазками и защебетала:

— Хорошо, когда есть на свете мошки и любовь! Любовь — это деятельность. Если бы не было мошек, я умерла бы с голоду, а без любви я не знала бы, как убить время. Любовь это деятельность.

Ласточке откликнулся воробей.

— Любовь — это конопляное семя. Главное, надо остерегаться кошек и ястребов!

Затем отозвалась цапля. Она ходила по берегу озера, долговязая и сухопарая, как англичанка, и глотала жирных головастиков. Услышав воробья, она пронзительно крикнула:

— Любовь — это половой подбор. Она необходима для поддержания вида; нужно только соблюдать известные приличия. Я строго отношусь к себе и горжусь этим; ни один молокосос-куличишка не видал, когда я несу свои яйца. Любовь — это половой подбор.

Цапля замолчала. Над серебристыми кистями черемух загудели пчелы. Но они не знали, что такое любовь; им некогда любить; они обязаны всю жизнь добывать воск для паркетных полов гостиных.

В это время с кочки под берегом озера прыгнула в воду лягушка. Она шлепнулась раздутым животом в воду и квакнула, точно подавилась:

— Любовь — это жратва! Недурно скушать какую-нибудь этакую жирную стрекозельку и потом прополоскать рот. Любовь — это жратва!

Лягушка заворочала глазами. На осине закуковала кукушка:

— Любовь — это кукованье вдвоем. Для разнообразия я переменяю мужа каждую весну.

Кукушка поклонилась птицам. На широком листке камыша застрекотала стрекоза:

— Любовь — это "ах!"

Она прищурила глазки, посмотрела на водяного паука, бежавшего по воде на длинных ногах, как на ходулях, и подумала: "чисто драгун!"

В саду все на минуту затихло.

И тогда зеленый камыш на озере зашевелился, и по тихому саду пронесся медный протяжный звук:

— Любовь — это страдание!

Из тростника медленно выплыл лебедь белогрудый, с оранжевым клювом. Он гордо поднял голову и повторил медный звук:

— Любовь — это страдание. Слушайте!

Птицы притихли. Пчелы с недовольным гудением расселись по цветам. Им некогда, работы по горло, а тут изволь слушать какую-то сказку. Но медный звук требовал от них внимания и так настоятельно, что они не смели протестовать.

Лягушка сантиментально завела под перепонку выкатившиеся глаза. Сухопарая цапля перестала глотать головастиков. Лебедь продолжал:

— Любовь — это страдание. Слушайте, я расскажу вам печальную историю. Видите ли вы разрушенный домишко в углу сада? Там живет человек; он уже стар, и люди зовут его безумным, а когда-то он был молод, любил и был любим, но никогда не был счастлив. Часто он приходил сюда, на берег озера, и горько плакал. Я слышал его вопли и понимал их. Да, он не был счастлив, потому что любовь — страдание. Он жаловался здесь. Любить — значит желать проникнуть все существо любимого, насытив его собою, как вода насыщает губку, и самому раствориться в нем. Но это невозможно, и невозможность повергает в муки. Много любить — значит много страдать.

Лебедь на минуту замолчал, как бы вспоминая о чем-то. Его белая грудь заволновалась. Наконец, он раскрыл оранжевый клюв и продолжал:

— Я помню, он пришел сюда на берег с любимой женщиной. Они сидели на берегу и глядели друг другу в глаза. Был вечер такой же, как и теперь. Огненный тучи стояли на закате, и сад казался розовым; даже серебряные кисти сирени просвечивали розовым светом, точно в их атласных гвоздиках бежала алая кровь. Мужчина и женщина долго сидели на берегу, называя друг друга ласковыми именами. И женщина заснула, опустив голову на плечо мужчины. Она дышала ровно и спокойно, полураскрыв розовые губы. На ней было белое платье, и она казалась белой лебедкой с высокой грудью и розовым клювом. Они сидели долго, счастливые и неподвижные. В саду темнело, огненные тучи гасли, а розовая вода озера становилась фиолетовой...

Лебедь на минуту замолчал. С чердака дома раздался дикий хохот.

— Любовь — это безумие!

Птицы дрогнули в испуге. Кукушка затрепетала крыльями; лягушка шлепнулась с кочки, стрекоза упала в воду, паук навострил лыжи к берегу. Безумный смех повторился. Это хохотал филин.

— Любовь — это безумие!

Лебедь раскрыл клюв и негодующе испустил медный, как из трубы звук:

— Любовь — это страдание!

Сад затих. Лебедь продолжал:

— И вот однажды ночью этот человек прибежал к берегу озера с диким видом и окровавленными руками. Он не выдержал страданий любви и умертвил ту, которую любил. Долго он стоял на берегу озера неподвижно и вдруг зарыдал; а я пропел ему свою песню:

— Любовь — это страдание!

— С тех пор я не пел этой песни, я боялся разбудить безумного человека в его доме, но сегодня я раскрыл клюв, чтобы восстановить истину.

— Любовь — это страдание!

Медный звук в последний раз пронесся над садом, и в доме кто-то заплакал.

Сад не шевелился. Птицы не смели чирикнуть. И вдруг дверь домика скрипнула и, сорвавшись с перержавевших петель, упала на мохнатые листья репейника. В дверях показался человек. Он был стар, сед, худ и нечесан. Он услышал крик лебедя и побежал заросшей тропинкой к озеру. Фалды его грязного халата раздувались от поспешных шагов, а туфля с правой ноги осталась на полусгнившем крыльце.

Сад замер; воробей, как комок, упал с ветки в траву. Лягушки попрыгали в воду. Человек подбежал к озеру, поискал глазами лебедя и, увидев в камышах его белое тело, крикнул скрипучим, как ржавые петли, голосом:

— Любовь — это прощение. Я узнал об этом только сейчас!..

Человек задрожал и ухватился рукою за грудь. Его губы улыбнулись, и на них показалась кровь. Он ничком упал на песок...

Сад задрожал, как в агонии. Осины затрепетали сверху донизу, сирень зашумела, ракиты забили листьями:

— Любовь — это прощение!

В зеленых камышах пропел лебедь:

— Любовь — это прощение!

Тихий ветерок пробежал над садом и уронил, как вздох:

— Любовь — это прощение!

БЕЗ ОРУЖИЯ

Татьяна Михайловна и Авдотья Семеновна, две хорошенькие уездные барыньки, каждая лет по тридцати, сидят рядышком на диване и работают.

Татьяна Михайловна вышивает малороссийское полотенце, а Авдотья Семеновна вяжет черный чулок с палевой стрелкой.

Татьяна Михайловна — хозяйка дома, а Авдотья Семеновна ее гостья. В маленькой гостиной, озаренной лампой под розовым из мятой бумаги абажуром, тускло и скучно. На темных обоях неподвижно сидят темные цветы, похожие друг на друга как две капли воды. Женщины порою оставляют работу, вздыхают от скуки и, уронив руки на колени, бесцельно глядят на темные цветы обоев. И тогда Татьяне Михайловне кажется, что цветок походит на собачий зад, а Авдотья Семеновна находит напротив, что он напоминает собою лицо помощника пристава. Они даже начинают об этом маленький спор, но скоро прекращают его и снова с скучающим видом принимаются за работу. В комнате снова раздается однообразное позвякивание вязальных спиц да шорох нитки, протаскиваемой сквозь канву.

В одну из таких минут Татьяна Михайловна приподнимет свое ровненькое личико от работы и сердито говорит:

— Если муж не вернется через час, я буду ругать его, я не знаю как!

Авдотья Семеновна кивает головкой.

— Конечно. Язык — это единственное наше оружие.

— О, да! — восклицает Татьяна Михайловна, оживляясь, и даже бросает работу. — Отнимите у нас язык, и тогда делайте с нами, что хотите. Мы беззащитны! Ты не поверишь, раз в жизни я была лишена возможности говорить целый час и я чувствовала себя так же скверно, как рыба без воды. Это адски мучительно!

— Воображаю, — вздыхает Авдотья Семеновна и тоже бросает свой чулок на диван. — Язык — это наша защита. Вот, например, на той неделе во вторник Иван Иванович пожал мне во время кадрили ногу. Я, конечно, приподняла плечи и сказала: "гадкий!" Но чтобы было, если бы у меня не было языка?

— Это какой Иван Иваныч, — спрашивает Татьяна Михайловна, — тот самый, который в прошлом году сломал себе ногу?

— Нет, казначей Иван Иваныч. Так вот, что бы я сделала, если бы у меня не было языка? Хотя, знаешь ли, можно говорить веером. У нас все дамы так разговаривают, есть особенный такой язык; если хочешь я тебя выучу. Это не трудно. Веер раскрыть — "безумный, чего ты от меня ждешь?" Закрыть — "противный, за нами наблюдает муж!" Полузакрыть — "не доверяйте Агафье Павловне!" Агафья Павловна, это жена следователя, ужасная сплетница, — поясняет она. — Вот и все!

Авдотья Семеновна умолкает. Говорить начинает Татьяна Михайловна.

— Голубушка, если ты только никому не проболтаешься, я расскажу тебе, как я целый час была однажды без языка. Это просто ужасно!

— Милочка, я слушаю...

— Только, пожалуйста, никому!

— Но разве это можно...

— Никому, никому в жизни! Так вот, слушай. В третьем году зимой мы поехали с мужем в Москву на неделю; муж взял отпуск; и нас провожал Павел Петрович. Ты ведь знаешь Павла Петровича?

— Ну, еще бы!

— Жгучий брюнет, страстные глаза, в пенсне и на носу родимое пятнышко.

— Ну еще бы...

— Он за мной ухаживал; понимаешь ли, был влюблен так, что даже от любви ничего не ел. Столовался у Дарьи Гавриловны, платил 15 рублей в месяц и ничего не ел. Мне их кухарка говорила. Просто, говорит, даже жаль денег. Да, конечно, — пожимает она плечами, — 15 рублей на полу не валяется. Одним словом, просто ужасно был влюблен. Похудел до того, что на него на нашей улице даже собаки лаяли: не узнавали. Однако я была с ним холодна, — понимаешь ли, как камень. И тут приехали мы в Москву. Сидим только как-то раз в театре, я, муж и Павел Петрович. Понятно, ложа, море огней, весь московский бомонд, пьеса знаменитости Шекспира. Ты была в Москве?

— Нет.

— Фурор удивительный! Наконец, третий акт. У меня на коленях фрукты и носовой платок; шея открыта, перчатки до локтей, в руке перламутровый бинокль...

— А сколько стоит перламутровый бинокль?

— Семнадцать пятьдесят. Я в восхищении; скоро пятый акт и наверно будут вызывать автора. Представь мое волнение: ведь я ни одного живого писателя не видала, а тут вдруг

Шекспир, и так далее... Я волнуюсь. Павел Петрович очищает мне апельсин. И вдруг я зевнула; понимаешь ли, сказалась привычка: дома мы всегда рано ложимся спать. И зевнула так неудачно, что не могу закрыть рта... Челюсть, представь себе, вывихнула! Хочу закрыть рот и не могу. Пытаюсь и так и сяк, и все-таки не могу; меня бросает в жар от стыда; хочу сказать об этом мужу, и только мычу. Наконец, толкаю мужа в бок и делаю ему знаки. Он видит, что я сижу с открытым ртом, воображает, что я подавилась яблоком, и начинает стучать ладошкой по моей спине. Я сержусь и отбиваюсь от мужа локтями. В соседней ложе раздается смех; кажется, там вообразили, что мы подрались. От стыда я вскакиваю со стула; яблоки и апельсины летят с моих колен прямо через барьер на головы сидящих в креслах. Оттуда устремляются на нас бинокли; кругом раздается говор.

Одним словом, скандал, скандал и скандал!

Кто говорит "жена побила мужа", а кто — "муж жену". Понятно, я чуть не в истерике, бросаюсь в глубину ложи, сопровождаемая Павлом Петровичем и мужем. Муж все еще стучит по моей спине, а Павел Петрович глядит в мой рот и, кажется, хочет залезть туда пальцем. С галереи кричат: "Хорошенько ее!" А полиция бросается со всех ног. От стыда и страха меня торопливо одевают и увлекают коридорами. Муж и Павел Петрович ведут меня под руки, а мой рот все еще открыт. Капельдинеры видят это, нагло фыркают и говорят мне в лицо: "эк нализалась-то!" Понимаешь ли, голубушка, сколько я выстрадала? Это был какой-то ужас, ужас и ужас. Как я только не умерла там от стыда!

Наконец Павел Петрович понимает меня и говорит мужу: "Свихнула челюсть; это, говорит, не опасно, поезжайте домой, а я повезу ее к доктору; я, говорит, здесь со всеми знаменитостями на ты. Через час привезу ее вам здравой и невредимой!" Одним словом, поет соловьем и так далее. Муж, понятно, соглашается, а Павел Петрович сажает меня на извозчика и увлекает с собою. На извозчике он говорит мне, что завезет меня к себе в гостиницу, а оттуда уже пошлет за доктором прислугу: так, говорит, для вас удобнее. Это кажется мне подозрительным, и я хочу протестовать, но не могу произнести ни слова. Наконец мы очутились у Павла Петровича. Он скидает с меня верхнее платье, усаживает меня в кресле и звонит в колокольчик. Явившейся на зов прислуге приказывает ехать за доктором и дает деньги. Прислуга удаляется, и мы остаемся один на один. И тогда Павел Петрович становится передо мной на колени, берет мои руки и объясняется мне в любви. Представь себе мое положение? Что я ему могла сказать? Если бы я могла говорить, я бы, конечно, крикнула: "мерзкий, не смейте говорить пошлостей!" или: "несчастный, что вы хотите делать!" Но я молчала, потому что не могла сдвинуть с места свои губы; язык мой не повиновался мне более, и я была беззащитна, Я была без оружия! Между тем Павел Петрович стал целовать мои руки. Но что всего нахальнее, так это то, что он, этот самый добрый Павел Петрович, — когда доктор, исправив мою челюсть, уехал, оставив нас одних, — он вообразил себе, что я молчала из согласия?! Понимаешь ли, он представил себе, что молчание есть знак согласия, и я никак не могла разубедить его в этом. Понимаешь ли, никакими способами! Он был так убежден, так убежден, что я ничего не могла с ним поделать! То есть, так-таки решительно ничего! Только ты, пожалуйста, никому не говори об этом!

Авдотья Семеновна всплескивает ручками и удивленно поднимает брови:

— Да, конечно же, да конечно же! Что же ты могла сделать в таком положении?!

www.ingramcontent.com/pod-product-compliance
Lightning Source LLC
Chambersburg PA
CBHW030532020726
47494CB00004B/1327